Le grand piano noir

Illustration de couverture : Studio Bayard

3, rue Bayard, 75008 Paris
ISBN: 978-2-7470-2448-8
Dépôt légal: avril 2008
Première édition

Loi 49-956 du 16 juillet 1949 sur les publications destinées à la jeunesse

Olivier Silloray

Le grand piano noir

MILLÉZIME
BAYARD JEUNESSE

Olivier Silloray est né en 1974. À 27 ans, il a publié, dans la très sérieuse *Nouvelle revue française,* un petit texte « tranchant »... Depuis quelques années, il se consacre à la littérature jeunesse. *Le grand piano noir* est son deuxième roman.

Du même auteur chez Bayard Éditions Jeunesse :
La marmite du diable, 2006.

1

Saleté de médoc. Je crois que je ne m'y ferai jamais... Ces battements lourds dans ma poitrine, maintenant que le stress est passé... Ces vertiges... Ah ! c'est sûr, tout à l'heure, avant d'entrer en scène, le trac était maté... Pas de poussée d'adrénaline... Et au piano, pas de tremblement... Pas de fausses notes. Enfin, au début du moins. Parce que, si on se débarrassait aussi facilement de ses doutes, rien qu'avec un produit chimique, ça se saurait !

Je me souris dans le miroir. Sourire de dépit. Sourire de mépris pour ce que je suis en train de devenir. C'est-à-dire pas grand-chose... Une future abonnée au chômage peut-être. Comme mon père. Mais, j'arrête de me dévisager, parce que je sens que je vais me remettre à pleurer. Oui, mieux vaut sortir. Ça pue vraiment trop dans ces toilettes de toute façon...

Pas de chance. Une des premières personnes que je croise en retournant dans le hall, c'est cet idiot de Fargeolles. Ravi de ce qui m'arrive. Et qui fait en sorte de ne surtout pas croiser mon regard. Le sien passe au-dessus du mien. Très haut. Histoire de bien me rappeler que je ne suis qu'une minable pianoteuse sans avenir dans la classe de son raté de collègue. En plus d'être une « sale petite fouille-merde », comme ses élèves me l'ont si bien répété ces dernières semaines, chaque fois qu'ils me croisaient dans les couloirs...

Mais, je m'en fiche. Le bon côté de mes vertiges, c'est que la réalité me paraît loin, comme si j'étais soûle... Ça m'aide à tenir, à rester digne, à ne pas m'enfuir tout de suite.

Damien m'a aperçue. À son petit coup d'œil désolé, je comprends qu'il va venir me parler. Pour le moment, Victor Destaumes le retient. Qu'est-ce qu'il lui raconte, à Damien, notre cher invité du jury ? Qu'il est plein d'avenir ? Que la porte de sa classe dans son conservatoire lui est grande ouverte ? Oui, des banalités dans le genre sans doute. Et Damien écoute posément. Sacré Damien. À peine quinze ans et déjà un grand.

Lui, je ne vais pas avoir à me forcer pour le féliciter. Il est tellement au-dessus du lot. Dans notre milieu, on appelle ça un « monstre ». C'était évident qu'il allait l'avoir son prix. D'ailleurs, tant mieux, ça fera toujours un diplôme de moins à donner l'an prochain. Ça libérera une place. On va respirer un peu... Mais même sans penser à tout ça, je suis vraiment contente pour lui, c'est un type bien et il a eu ce qu'il méritait. Au moins, c'est rassurant. Il y a quand même une justice. Et je suis sûre que ça ne s'arrêtera pas là pour lui. Il va rentrer dans un CNSM. Conservatoire National Supérieur de Musique... Ça dit ce que ça veut dire : musiciens « supérieurs », d'envergure « nationale ». Pas d'hésitation. Il fait partie du clan.

Ça y est, Destaumes s'apprête à le lâcher. Il lui donne une longue poignée de main, comme s'il voulait lui voler sa main droite. Cette main absolument sidérante, c'est vrai. Et que chacun, ici, voudrait bien posséder... Damien finit par la récupérer et par la mettre derrière son dos. Il s'incline une dernière fois, avant de se retirer et de traverser le hall dans ma direction. Destaumes le suit encore du regard. Regard qui devient dédaigneux, quand il se pose sur moi... Mais je n'y prête pas attention. J'accueille Damien avec toute la bonne humeur qu'il mérite :

– Bravo, Damien.

– Merci...

– C'était très fort, comme d'habitude. Je suis sûre que ça va marcher à fond pour toi...

– Ah ! Caro...

Il me touche le coude. Avec sa main gauche. Cette main gauche qui est l'autre miracle de Damien. Une main gauche aussi brillante que la main droite. Qui galope sur le clavier avec autant de précision et de clarté... Bref, tout le contraire de la mienne, qui se contente de cuisiner une espèce de sauce d'accompagnement. Quand elle n'oublie pas carrément les notes. Comme aujourd'hui.

– Il ne faut pas que tu te décourages. Tu es une vraie artiste ! C'est incontestable. Il y a tellement de gens qui alignent les notes froidement et qui font illusion... Mais, toi, tu es une vraie musicienne. Tu fais des choses sensibles. Tu as une si belle palette sonore !

Comment est-ce qu'on peut s'exprimer comme ça à quinze ans ? Comment est-ce que c'est fait dans son cerveau, à lui ? Ah ! s'il n'y avait pas tout ce monde autour de nous, peut-être que je m'effondrerais dans ses bras. Au point où j'en suis.

– Je sais Damien, je sais. Ma palette, mes couleurs, ma musicalité... Le problème, c'est qu'il me manque la mémoire, et tu connais la règle !

– Tu t'es bien rattrapée aux branches !

– Oui, enfin, j'ai quand même bouffé une page, quasiment...

– Les trous de mémoire, ça arrive. Pour moi, jouer un morceau sans faute de A à Z, c'est pas un critère ! La musique, c'est pas ça ! Une interprétation peut avoir des imperfections ! Il y a des gens très beaux avec des cicatrices ou avec des rides, non ?

Comme c'est mignon. Et dit avec tant de sincérité.

– Oui, bien sûr, Damien. Mais je crois que, aujourd'hui, le jury voyait les choses autrement...

– Ça, c'est incompréhensible ! Avec ce que tu as fait ! Pourquoi est-ce qu'ils te l'ont pas donné, ce diplôme ?

– Va savoir...

Damien n'a pas du tout l'air de voir à quel problème je fais allusion. Tant mieux pour lui. Au moins, dans son monde, tout est merveilleux. Il n'y a pas de place pour les soupçons et les mauvaises pensées. Pas comme dans le mien... Je le laisse à sa splendide naïveté. D'ailleurs, je ne vais pas le retenir plus longtemps. Je vais le rendre à ses parents, qui attendent, sans oser s'approcher de nous.

– Allez, Damien, je te laisse... À cet été, peut-être. Tu fais le stage avec le Maître ?

– Bah non ! Cette année, je fais celui de Val-Fond. Je ne pourrai pas me payer les deux...

– Ah ! oui, c'est dommage.

– Je te jure que j'aurais préféré être avec vous... Ça me tue de devoir aller dans cette usine à fric !

– Ça, mon ami, quand on veut se faire remarquer par les profs des CNSM, il y a des passages obligés... Allez, bon été ! Souffre bien dans ton usine !

Pour terminer sur une note moins ironique, j'ajoute, avec tout ce qui me reste de gentillesse :

– Bon courage pour tes concours ! À un des ces jours !

Je lui tapote le bras. Et je m'éloigne.

J'irais bien directement vers la sortie. Hélas, il faut encore dire au revoir au Maître. L'affronter...

M. Chaland est en train de discuter avec un heureux gagnant. Ce qui ne l'empêche pas de surveiller mes allées et venues... Il n'a pas l'air très content de lui. Est-ce qu'il regrette de ne s'être pas plus battu contre Fargeolles et son ami Destaumes pendant les délibérations ? Mais, si c'est vraiment ce qui s'est passé, comment pourrais-je lui en vouloir ? Après tout, c'est moi qui n'ai pas été à la hauteur, n'est-ce pas ?

Finalement, il écourte sa conversation. Alors, pour la deuxième fois en même pas cinq minutes, je vois un génie s'avancer vers moi. Ce coup-ci, celui qui s'approche est un homme qui a reçu les plus grands prix internationaux dans sa jeunesse. Un homme qui pourrait passer sa vie dans les avions, voyager d'une salle de concert à l'autre, plutôt que de nous donner cours dans ce modeste conservatoire de région. Et, donc, cet homme exceptionnel vient me parler, tout penaud. Désolé pour moi.

– Bon. On aura des choses à revoir cet été...

– Oui, monsieur.

– Reste concentrée. Ne te laisse pas dévorer par le bac de français. Garde à l'esprit que ce n'est qu'une formalité... Et repose-toi un petit peu aussi.

– Mais, pas trop longtemps !

Il grimace, un peu embêté. Bien conscient du rythme de travail auquel il nous soumet.

– Bon. On reparlera de tout ça mardi. Tu as choisi tes morceaux pour le stage ?

– Oui, j'y ai un peu pensé...

– Essaie de m'en apporter une première lecture mardi prochain.

– Bien, monsieur.

Voilà, le Maître n'a rien de plus à me dire. Ses mains magiques restent pendantes. Ses mains qui ne peuvent rien pour moi et qui ne joueront jamais à ma place... Alors je comprends pourquoi je redoutais de venir le saluer. L'an dernier, c'était la même chose. La même impression de solitude, après mon échec. Une solitude totale.

2

Sous l'abribus, je me sens un peu moins mal. Physiquement moins mal. Les effets secondaires du bêta-bloquant sont en train de se dissiper... C'est presque pire. Les vertiges s'estompent, et le désastre m'apparaît de plus en plus clairement.

Pour m'occuper, j'ouvre mon sac. J'allume mon portable... Maud vient de me laisser un cinquième message. Chère Maud, qui m'a bien obéi, qui est restée sagement chez elle à attendre le résultat. Et qui va attendre encore, hélas...

Je n'appelle pas Kévin non plus. Là encore, je ne suis pas fière de moi. Ça fait combien de temps que nous n'avons pas partagé un petit moment tous les deux, à cause de mon piano ? Trois semaines ? Quatre semaines ? Je n'ose même pas compter.

J'appelle encore moins mes parents. Trop peur de les assommer. Comme s'ils avaient besoin de ça ! Comme s'il n'y avait pas assez de soucis à la maison, avec papa...

À la limite, tout ce qui me tente, ce serait d'aller pleurer chez ma sœur. Sauf que je ne me vois pas arriver avec ma tête d'enterrement. Non, pas en ce moment... Et puis je suppose qu'elle a encore mille choses à faire. Tous les petits détails à vérifier pour le grand jour. Les commandes. Les réservations. Les derniers essayages de sa belle robe blanche... Je ne vais pas aller l'embêter.

Alors, je range mon téléphone. Et je me lève, parce que le bus arrive.

Le chauffeur m'ouvre la porte. Il me salue à peine. Je lui adresse un bonjour poli.

Je souris aussi aux voyageurs. Je me rends compte que je ne me force pas. Au milieu dc ces gens dont je n'ai rien à craindre, je me sens presque bien. J'ai l'impression d'avoir un répit.

Tandis que le bus redémarre et que les jolies rues du centre-ville se mettent à défiler, j'ai même une bouffée d'espoir... Soudain, je me dis que tout n'est peut-être pas perdu. D'accord, je ne suis pas aussi jeune que Damien. Mais je ne suis pas finie non plus. J'ai le temps de l'avoir ce foutu diplôme ! Si ce n'est pas maintenant, ce sera l'an prochain. Ou après le bac... Le directeur du conservatoire m'aime bien. Il m'a souvent dit qu'il me trouvait « méritante », et je sais qu'il m'accordera les dérogations nécessaires. Il me l'a de nouveau répété tout à l'heure quand je suis allée le voir et qu'il m'a commenté, un peu gêné, la décision du jury… Si je dois encore passer cinq ans au conservatoire, ce n'est pas lui qui me mettra à la porte. Le Maître non plus ne me chassera pas. Je sais que, s'il m'a acceptée dans sa classe, il y a quatre ans, ce n'était pas un hasard. Si j'ai pu quitter ma modeste école de musique, si j'ai réussi au concours d'entrée au conservatoire – avec tous les compliments à l'époque ! – et si j'ai été admise en horaires aménagés, ce n'est pas pour rien. J'ai un petit quelque chose. Un don. C'est pour ça que j'en suis là, et je ne dois jamais l'oublier. D'ailleurs, dans les autres domaines, j'ai été plutôt rapide ! Formation musicale, culture musicale, musique de chambre, analyse… Toutes ces unités de valeur, je les ai eues ! Il ne me manque plus que mon prix de piano ! Encore une année, et je sens que ça peut passer ! Je sens que je l'aurai enfin ce diplôme, que je pourrai enfin commencer à me considérer vraiment comme une musicienne professionnelle… Oh ! je promets que l'an prochain je serai sage. Pas de guerre avec Fargeolles. Pas de rébellion… Rien que du calme, de la discipline et de la discrétion.

J'ai une bouffée d'espoir, donc.

Puis je débarque sur la Grande Place, face aux terrasses de cafés, pleines de clients qui sirotent tranquillement leurs verres sous les parasols... Mon deuxième bus est déjà là. Garé le long du trottoir. Les portes grandes ouvertes. Sans chauffeur.

Je pourrais attendre dehors, profiter encore de l'agitation de la place. Mais, pour ne pas avoir à voyager debout, je vais m'asseoir à l'intérieur. Et déjà, de l'autre côté des vitres recouvertes de traces et de graffitis, la ville me paraît loin, inaccessible.

Le bus se remplit rapidement. Je ne tarde pas à être envahie. Un type s'affale dans le siège d'à côté. Il s'étale, comme si je n'existais pas. Je suis obligée de me recroqueviller contre la vitre pour éviter que son genou touche le mien.

Le nouveau chauffeur finit par arriver. Il démarre. Dans quelques secondes, il va fermer les portes, et nous allons rouler, partir loin d'ici...

Il fait de plus en plus chaud. Je n'en peux déjà plus. Je voudrais sortir. Je voudrais aller m'asseoir à une terrasse moi aussi... Je reste sur mon siège, bien sûr. Je ne bouge pas. Je ne bronche pas. Je ferme les yeux. En pensant à tout le temps que j'ai passé dans ce fichu bus. Tout ce temps gâché... Trois quarts d'heure le matin, trois quarts d'heure le soir. Et encore, quand ça roule bien.

Presque deux heures perdues chaque jour ! Deux heures perdues pour mon piano !

Comment progresser dans ces conditions ? Comment s'étonner de mes difficultés ? Au fond, c'est un miracle que je sois encore à peu près au niveau des autres et que M. Chaland me garde encore dans sa classe. Oui, effectivement, je suis assez « méritante ». Voilà ce que je me dis tandis que les portes se referment.

3

Kévin arrête son scooter devant la maison. J'entends le bruit de la béquille, puis celui du portail. Quand la sonnette retentit, je me bouche les oreilles.

Maman va ouvrir. Ils échangent quelques mots. Bientôt, dans le couloir, les pas de maman se rapprochent. Chaque coup de talon sur le carrelage me rentre dans la cervelle... Je ne parle même pas du « toc-toc » contre ma porte. Ni du grincement de la poignée. Et encore moins de la lumière du jour qui me saute au visage.

– Kévin est là. Qu'est-ce que je lui dis ?

– Que j'ai mal partout... Que je m'excuse...

– Ça ne va toujours pas mieux ?

– Non... Ferme la porte, je t'en supplie... Ça m'aveugle.

– D'accord, d'accord...

Maman obéit. Agacée. Persuadée que j'en rajoute. On dirait qu'elle a oublié ce que c'est.

Pourtant, je jure que ce n'est pas du chiqué. Ça n'a jamais été une telle torture. J'ai l'impression que je vais crever. Je n'ai rien vu venir pendant six semaines. Pas de sang. Pas de douleur. J'ai été tranquille pour monter mon programme d'examen. Mais là, je paye. Le prix double.

J'entends Kévin saluer maman et ressortir. Il doit être déçu. Il doit croire que je ne veux pas le voir... Mais ce n'est même pas ça ! Je suis vraiment en petits morceaux. Et cette envie de vomir... Je n'avais encore jamais eu une telle nausée. Trois fois déjà, depuis ce matin, je me suis traînée aux toilettes pour cracher de la bile.

Maman est inquiète de me voir dans cet état. Elle se demande si j'aurai le temps de terminer mes révisions pour mon bac de français. Ce matin, en m'apportant mon paracétamol, elle a essayé de m'en reparler. Elle m'a dit : « Faudrait pas que ça te démolisse, tout ça... »

C'est gentil à elle de ne pas avoir employé les vrais mots. De ne pas m'avoir proposé de reprendre des études normales et de continuer le piano comme un simple passe-temps... Parce que c'est ce qu'elle voulait dire. Elle n'a pas cru une seconde au complot de Fargeolles contre moi. Elle et papa m'ont laissée me défouler, hier soir. Mais j'ai bien vu qu'ils pensaient : « Notre fille est incompétente, et le pire c'est qu'elle se cherche des excuses. » Heureusement que je ne leur ai pas tout raconté, d'ailleurs. Heureusement que je n'ai pas parlé de ma petite provocation. Là, je crois qu'ils auraient vraiment eu honte de moi. Oser barbouiller une affiche sur les murs d'un conservatoire ! Quel scandale ! Notre fille, à nous, qui a fait ça... Je me serais peut-être pris une claque. Comme au bon vieux temps.

Elle n'a pas insisté, et je n'ai pas répondu. Depuis, je ne parle plus – sauf à Maud, tout à l'heure, au téléphone, pour la supplier de ne pas venir me voir. J'attends que la douleur passe.

Et pendant ce temps-là, Kévin redémarre. En se demandant sans doute ce qu'il fabrique encore avec une emmerdeuse comme moi ! Oui, si ça se trouve, c'est la dernière fois que j'entends son scooter s'éloigner. Ça me paraîtrait presque normal. Il a tant fait pour moi. Et je lui rends si peu...

La nausée revient. Je sens que je ne vais pas tarder à aller faire un quatrième périple jusqu'aux toilettes.

Je suis en train de me redresser dans mon lit, lorsque le bruit des talons de maman se rapproche et que la lumière du jour envahit de nouveau ma chambre :

– Il te souhaite un bon rétablissement. Tu peux l'appeler quand tu veux, même la nuit... Il laisse son téléphone allumé...

Avant que j'aie le temps de la remercier, maman referme la porte, vivement, comme si elle se retenait de la claquer.

Le ventre déchiré par la douleur je m'assois dans mon lit. Je m'adosse au mur. Et je regarde mon petit piano droit, tout muet dans la pénombre. Ce petit piano fatigué, sur lequel je ne progresse plus, et que Kévin voudrait aider mes parents à remplacer le plus vite possible... Parce qu'il ne supporte plus qu'à midi, en sortant du lycée, je coure jusqu'au conservatoire, pour grappiller une petite heure de travail sur un bon piano, avant que les profs ne récupèrent leur salle...

Cher Kévin ! Souvent, j'ai pensé que j'étais un peu trop bien pour lui, mais je commence à me demander si ce n'est pas le contraire.

Avant-hier encore, au téléphone, il me reparlait de m'acheter un piano à queue, quand il aurait monté son entreprise et qu'il gagnerait de l'argent. Il s'était renseigné sur les Steinway. Ce sont des pianos qui valent le prix d'une voiture de luxe, mais ça ne lui faisait pas peur. Il est certain que dans quelques années, quand nous serons mariés, il pourra me payer le piano de mes rêves...

Le pauvre, je crois que c'est lui qui rêve. Un jour, il finira par se lasser. Il en aura marre de cette petite princesse qui reste toujours chez elle, plongée dans sa musique de vieux. Il trouvera une fille normale. Une fille qui ne passe pas son temps à lui parler de ses malheurs d'artiste.

Il aura raison de se mettre avec cette fille-là et de m'oublier. Au fond, c'est tout le bonheur que je lui souhaite.

En pensant à cela, je me mets à pleurer. Et c'est délicieux, parce que, à mesure que les larmes coulent sur mes joues, mon corps se détend. Le mal de crâne, la douleur dans mon ventre, la nausée, tout se calme.

4

Qui est-ce qui joue comme ça, dans la salle d'à côté ? C'est qui ce fou ? Jamais entendu les exercices de Brahms joués avec autant de régularité, autant de netteté. Ni autant de force. Pas un doigt faible.

C'est tellement dingue que je me suis arrêtée de travailler. J'écoute, debout devant la fenêtre, en regardant la cour de l'ancien couvent, la grille, la route et le muret, les toits du village, la vallée, les montagnes, tout ce paysage que j'attendais de revoir depuis un an, et face auquel je devrais me sentir euphorique...

Comment rivaliser avec des gens pareils ? Ce n'est plus possible. Je n'ai pas le niveau.

Il faut reconnaître, ce n'est pas avec un rythme de travail comme celui que j'ai connu ces dernières semaines que je vais avancer. Tant de temps perdu, encore une fois ! Pour le bac de français, d'abord ! Des heures à bosser sur mes textes. Et puis, cette petite demi-heure face à un professeur compréhensif, qui m'a posé des questions, pour m'aider… Oui, pour m'aider ! J'ai eu l'impression de rêver ! Deux semaines de révision. Deux semaines fichues pour préparer mes morceaux. Mais, voilà, mes parents étaient rassurés de me voir travailler à mon bureau, comme une lycéenne normale !

Ajouté à ça, le mariage de ma sœur… Les préparatifs auxquels je n'ai pas pu échapper. La cérémonie interminable. La journée entière passée dans ce château que la famille de mon beau-frère avait loué… Oh ! oui, un très joli château. Mais tellement loin de tout ! Impossible de m'éclipser ! Impossible de retourner en douce à la maison pour aller me dégourdir les doigts, rien qu'une petite heure ! Non, j'étais bloquée dans cette campagne paumée… Je n'en pouvais plus. Kévin osait à peine m'adresser la parole. Je bouillais. Je regardais sans cesse ma montre. Je pensais à mon piano, qui m'attendait.

Et voilà le résultat. Je suis en stage, dans une salle où je devrais être en train de bosser à fond, sans me soucier du monde extérieur. Au lieu de ça, je suis plantée là comme une idiote, devant la fenêtre.

De l'autre côté de la cloison, les exercices s'arrêtent. Ce n'était pas vraiment un échauffement. C'était plutôt une vérification technique.

On passe à autre chose, du Bach. *Partita* en la mineur. Dernier mouvement... Vu la cohérence du jeu, l'assurance, je parie que c'est du par cœur. Quel style ! Quelle élégance ! Comme c'est droit ! Comme c'est carré ! Et en même temps infiniment doux... Le tout avec très peu de pédale. Juste quelques notes tenues pour que ça respire. Rien de plus. Pas de triche, pas de mélange de sons, pas de maquillage. Uniquement de la pureté... Presque aussi beau que le jeu du Maître. Non mais qui c'est, ce génie ?

Si seulement ça pouvait être Damien. Au moins, ce serait simple. Avec lui, on a l'habitude de se sentir minable. Sauf qu'il n'est pas là. C'est quelqu'un d'autre. Peut-être encore meilleur !

Je me repasse mentalement les visages des gens qui sont ici. Pas facile. Ça fait à peine deux jours que le stage a commencé. Je ne connais pas tout le monde... Pas une fille, pas un garçon qui manie le clavier comme ça parmi les noms qui me viennent à l'esprit. C'est forcément quelqu'un de nouveau. Espérons qu'il, ou elle, ne cherche pas à entrer dans la classe de Chaland. Parce que sinon, ça risque de ne pas être drôle. Il y en a marre de ces surdoués qui nous font passer pour des rigolos !

Le morceau se termine. Dernier accord. Notes tenues juste ce qu'il faut. Puis, doigts relevés, tous en même temps. Et soudain, le silence... Partout dans le bâtiment, les pianos, les clarinettes et les violons font tout le raffut qu'ils peuvent. Il n'y a qu'une chose à entendre : le silence dans la salle d'à côté.

Je m'attends à un autre morceau. Mais c'est fini. Le couvercle est rabattu. Ça aura duré dix minutes. Sans doute un travail de fixation après un cours avec le Maître. Dans ce cas, pas d'inquiétude à se faire. C'est fixé. C'est bien dans la tête, bien dans les doigts.

J'entends le génie quitter sa salle, passer devant la mienne, descendre les escaliers. La porte du hall grince... Je ferais peut-être mieux d'aller m'asseoir devant mon clavier et de continuer à travailler. Bien sûr, je ne bouge pas. Autant savoir tout de suite.

Quand je vois ce que je vois, je ne peux pas m'empêcher de souffler contre la vitre :

– Oh ! non, c'est pas vrai...

Celui qui vient d'apparaître dans la cour, c'est ce type dont toutes les filles sont déjà folles. Je ne sais pas comment il s'appelle. Je croyais que c'était un minet qui venait frimer. Une espèce de Fargeolles... Eh non ! Encore une fois, tout faux, Caroline ! Il est vraiment doué. En plus d'être beau.

Comme je l'avais deviné, il n'a pas de partition, pas de sac. Il marche les mains dans les poches.

Je le regarde passer la grille, traverser la route et poser un pied sur le petit mur en pierre. Il reste un bon moment à observer la vallée, écrasée de soleil. J'ai vraiment du mal à me décoller de la vitre. À retourner devant mon misérable piano.

5

Journée horrible. Cours catastrophique. Je croyais pouvoir enchaîner le premier mouvement de ma sonate devant le Maître... Ratage complet. Plus j'ai avancé dans le morceau, plus j'ai mis de notes à côté. Oh, on peut dire que je me suis accrochée ! Je n'ai pas lâché. Je suis allée jusqu'à la dernière mesure, jusqu'à l'accord final, et encore, j'ai réussi à y glisser une fausse note. L'horreur... Après ça, je suis restée immobile sur la banquette, le dos courbé. Avec les larmes qui me tombaient lamentablement du menton. Bref, on se serait crus au conservatoire. Au moins, on n'était pas dépaysés !

Le Maître est toujours très mal à l'aise dans ce genre de situation. Il ne sait jamais trop comment s'en tirer. Alors, comme d'habitude, j'ai dit : « Ce n'est pas grave, ça va passer. » Je me suis mouchée. Il a replacé la partition sur le pupitre. Il m'a proposé de recommencer. Je m'y suis remise... J'ai même réussi à faire de bonnes choses. Il les a soulignées, il m'a encouragée. Mais nous n'étions pas dupes. Ce premier mouvement, j'étais censée le jouer par cœur.

Après le cours, j'ai bossé une demi-heure. Une demi-heure pour pas grand-chose. Pour me donner bonne conscience. Puis, je suis allée retrouver les autres au réfectoire. Repas très pénible. Plusieurs fois, j'ai failli craquer... Ils ont fait comme s'ils ne voyaient rien. À la fin, ils m'ont bien proposé de les accompagner au café. J'ai refusé. Ils n'ont pas insisté.

Maintenant je suis là, assise sur le muret, devant le couvent, avec un livre que je n'ai pas encore ouvert. Face à moi, il y a les toits du village, la vallée, les montagnes. Mais c'est comme si je ne les voyais pas. Mon regard ne s'accroche à rien...

Je n'ai pas envie d'appeler Maud. Pas envie de ses conseils pleins d'optimisme, avec, en fond sonore, les rires de ses nouveaux copains de stage.

Plus envie de quoi que ce soit. Plus aucun rêve. Tout est en train de s'écrouler. J'ai honte d'avoir imaginé qu'un jour je serais sur une scène à New York, à Tokyo, à Paris ou à Londres. Honte de m'être imaginée dans une longue robe brillante, en train de saluer un public en délire... Ah ! je les entendais déjà, les applaudissements ! La salle debout tandis que le chef d'orchestre et le premier violon me donnaient un baisemain. Tandis que les violonistes, les altistes, les violoncellistes, les contrebassistes saluaient ma virtuosité en tapant leurs archets sur leurs cordes. Et pour compléter le tableau, une petite fille, dans une jolie robe, avec un gros nœud dans les cheveux, s'approchait de moi, me faisait une révérence et me tendait un bouquet aussi grand qu'elle... Elle était toute rouge. Et moi, je lui faisais un bisou. Un bisou de reine. Sous les hourras de la salle !

On peut dire que j'ai revu mes prétentions à la baisse. Maintenant, mon avenir, je l'imagine à la fac, avec le gros de la troupe, dans des amphithéâtres bondés. Noircir des copies, ce sera bien bon pour moi, tiens ! Et encore, si j'y arrive... J'ai l'impression d'avoir tellement de lacunes.

C'est pour cette raison que je suis allée chercher ce roman dans ma chambre. Ce sera toujours ça de pris pour combler mon retard. Je sais, c'est un peu pitoyable. Mais je me raccroche à ça. Je me dis que, au moins, ce stage ne sera pas complètement perdu. Je n'aurai pas dépensé l'argent de mes parents pour rien. Ni celui que Kévin a eu la gentillesse de prélever sur son petit salaire d'apprenti pour que je puisse boucler mon budget... Cher Kévin, qui doit être en train de prendre sa douche, à cette heure-ci, ou peut-être déjà de se mettre au lit, épuisé par sa journée de travail dans la poussière de plâtre.

De penser à lui, de l'imaginer sombrer comme une masse dans un sommeil bien mérité, ça me donne soudain la force d'ouvrir mon bouquin. Mais, décidément, je n'ai pas de chance. J'ai à peine lu la première page que j'entends marcher dans la cour...

Et alors, pour la deuxième fois de la journée, je vois le génie passer les grilles.

Il s'appelle Jean-Charles. À table, les filles ne parlaient que de lui. Elles étaient hystériques. Elles n'arrêtaient pas de dire : « Qu'il est beau, le salaud, qu'il est beau ! » Apparemment, il vient de Genève. On ne sait pas s'il cherche à entrer dans la classe de Chaland. Tout le monde tremble. Je ne suis pas la seule à l'avoir entendu jouer.

Je voudrais me cacher, me replonger dans mon livre. Trop tard. Mille fois trop tard. Je n'ai pas pu m'empêcher d'admirer sa belle chemise bien propre, ses cheveux encore un peu mouillés. Il m'a vue.

– Bonsoir !

– Bonsoir...

Un instant, j'ai l'espoir qu'il va descendre directement vers le village. Mais, non. Il s'approche. Et il faut reconnaître que, de près, il est encore plus fascinant.

– Tu ne viens pas avec nous ?

– Non.

Ma réponse est claire et nette. Il n'insiste pas. Il ne part pas non plus.

– Qu'est-ce que tu lis ?

Je lui montre la couverture. Il a l'air de connaître. Et moi, bêtement, je lui demande :

– Tu l'as lu ?

– Oui, oui...

Il dit ça sur un ton très modeste, sans faire le malin. Il voit bien que j'ai à peine commencé. Beauté, talent, culture. Et, maintenant, délicatesse. Ce type aurait-il toutes les qualités, par hasard ?

– C'est la première année que tu viens ici ?

– Non, je connais déjà. Je suis dans la classe de M. Chaland.

– Ah, d'accord, tu es une élève d'Edgar...

D'habitude, quand on appelle le Maître par son prénom, je ricane. Mais là, ça me choque à peine. Ils font partie de la même sphère, du même univers.

– Moi, c'est la première année. C'est bien. C'est à échelle humaine. Ça change des gros stages. On peut rencontrer un peu les gens... Demain après-midi, on va faire une balade. Ça t'intéresse ?

– Je ne crois pas que j'aurai le temps...

– Tu es sûre ?

– Oui.

Je le dis en me redressant, avec une espèce de fierté stupide. Il ne se moque pas de moi, mais je vois son sourire s'élargir.

– Bon. Je vais te laisser... Au fait, je ne me suis pas présenté. Je m'appelle Jean-Charles.

J'ai envie de lui répondre qu'il aurait été difficile de ne pas le savoir. Pourtant, sans la moindre ironie, sur un ton mal assuré, je lance :

– Moi, c'est Caroline.

– Eh bien, Caroline, enchanté d'avoir fait ta connaissance. Bonne soirée... Et bonne lecture !

Il descend vers le village, sans regarder derrière lui. Je me remets à bouquiner, mais je ne comprends plus rien au texte qui est sous mes yeux.

6

Je retire mes mains du clavier. Elles sont brûlantes.

Une heure d'exercices de Brahms ! Ça, c'est du traitement de choc. Ma chère mémoire ne veut pas fonctionner ? Je me serai au moins dégourdi les muscles ! Ces exercices sont un miracle. Pas trop durs à retenir, et tellement efficaces. Au fil des minutes, mes doigts se sont comme allongés.

Je pourrais m'accorder une pause, maintenant. Pour me récompenser de m'être levée si tôt ce matin, d'avoir débuté ma journée de travail avant tout le monde... Pour reculer aussi un peu le moment incontournable. Le moment de vérité. Mais à quoi bon ? De toute façon, il va bien falloir que j'y passe. Je suis ici pour « appuyer là où ça fait mal », comme dit le Maître.

Alors, je reste assise, courageusement, prête à attaquer ce fichu premier mouvement de sonate.

Je me tourne vers la fenêtre, juste un instant, pour contempler le ciel encore sombre. J'écoute le silence. Dans le bâtiment, aucun autre instrument n'a encore commencé à jouer.

Un peu tranquillisée, je fais face au clavier. Je me vide l'esprit. Toute mon énergie dans les bras... Allez, le premier accord... Qu'est-ce que c'est déjà ? Bon, disons que c'est la fatigue...

Je me penche vers le sol. J'entrouvre la partition. Oui, c'est ça, il me semblait bien... Petit coup d'œil à la suite. Pas grand-chose. Deux systèmes. Allez, ce n'est pas de la triche. Juste de quoi me lancer. D'ailleurs, je revois parfaitement ce qui vient après. J'ai tout en mémoire. Ce n'est qu'une question de confiance en moi. Alors, confiance, ma petite ! Referme cette partition et jette-toi à l'eau !

Je compte deux mesures dans ma tête. Puis, j'envoie les premières notes. Ça démarre bien... La musique avance toute seule. Le clavier défile naturellement sous mes mains. Mes doigts s'enfoncent exactement aux bons endroits sans que j'aie l'impression de forcer. Merci Brahms ! Merci pour ces doigts en caoutchouc que tu m'as donnés ! Je peux faire ce que je veux ! Mes couleurs explosent ! Ma fameuse palette sonore... Comme ma musique est sensible, comme elle est vivante ! Si le piano n'était pas une casserole, ça serait même assez merveilleux !

Sauf que ça ne dure pas : j'entends quelqu'un marcher dans le couloir.

Je ne me déconcentre pas. Je m'attends à ce qu'une porte s'ouvre, se ferme, et qu'un nouveau piano se mette à jouer. La routine. Pas de quoi perdre le fil... Mais aucune porte ne s'ouvre. Au contraire, le pas ralentit, s'arrête. Je sens qu'on m'écoute.

Alors, ça ne loupe pas. L'angoisse monte d'un coup. Mon cœur s'emballe. Mes doigts se crispent. Mon pied se met à trembler sur la pédale. Je ne vais pas tarder à faire n'importe quoi... Et, effectivement, dans un changement de tonalité, je rate le virage. Je ne sais plus ce qu'il y a après... Voilà. Noir complet. Plantée.

Je lâche le clavier. Au rez-de-chaussée, un autre piano commence à chauffer. Le mien est tout froid. Je regarde les touches noires et blanches, comme si je n'y comprenais plus rien.

Après un moment de calme, mes tremblements reprennent. Mais ce sont des tremblements de panique désormais. Une énorme panique.

J'essaie de me raisonner. Je mets mes mains devant ma bouche. Il faudrait que je sorte... Oui, c'est ça. L'air frais du matin sur mon visage me ferait du bien, cela m'aiderait à réfléchir... Dès que l'autre s'en va, je me lève. Je vais dehors pour reprendre mes esprits...

Sauf que l'autre ne s'en va pas.

Il frappe à ma porte.

Je retiens mon souffle. Au bout de quelques secondes, ça frappe encore. Je ne réponds toujours pas. Un instant, j'espère que l'autre va abandonner, qu'il va comprendre que j'ai besoin de solitude... Mais je ne suis pas vraiment étonnée de voir la poignée s'enfoncer. Ni de voir la porte s'ouvrir sur le sourire ravi de Jean-Charles.

– Bonjour, Caroline...

Il entre dans ma cage. Sans peur. Il s'enferme avec moi, comme s'il ne voyait pas que je suis prête à mordre. Il s'adosse au mur, avec ce même sourire qu'hier soir. Un peu plus cruel, peut-être.

– Tu t'es arrêtée. C'est dommage...

Je préfère encore baisser les yeux et regarder le clavier.

– Qu'est-ce que tu veux ?

– Entendre la suite, éventuellement...

– Y a pas de suite.

– Pas de suite ?

– Enfin, je veux dire que je suis en train de travailler là. Je joue pour personne.

– Tu ne joues pour personne. D'accord...

– Non, je joue pour personne. Et surtout pas pour les gens qui écoutent derrière les portes...

Jean-Charles ne répond pas. Le sourire toujours aux lèvres, il avance dans ma salle, comme s'il était chez lui. Il passe dans mon dos. Il va à la fenêtre. Il observe les montagnes, au loin.

– Dis-moi, Caroline, ça fait combien de temps que tu n'as pas pris de vacances ?

– Je n'ai pas le temps d'en prendre.

– Pas le temps ?

Jean-Charles se retourne, de plus en plus moqueur. Mais, cette fois, je trouve le courage de le défier un peu. Et, tout en examinant cette jolie montre qu'il porte au poignet, une montre qui doit coûter très cher, je dis, en me rendant déjà compte que je ferais sans doute mieux de me taire :

– Eh non ! j'ai pas le temps... J'ai des parents qui font des sacrifices pour moi. C'est tout juste si j'ai pu venir là. Alors, il faut que je travaille. Je suis obligée d'être rentable.

– Rentable...

– Oui, rentable. Efficace. Moi, dans ma vie, j'ai pas une seconde à perdre.

– D'accord... Et là, depuis deux minutes, tu faisais quoi ?

Il me laisse mariner un peu. Puis, il se rapproche. Il s'accoude au piano. Plus aucune cruauté dans ses yeux. Seulement cette espèce de bonheur perpétuel. Écœurant.

– Tu sais, si je me suis permis de frapper à ta porte, c'est que je voulais savoir qui jouait aussi bien... C'est tout simple, en fait. Je passais dans la cour, j'allais prendre mon petit déjeuner et, en t'entendant, je me suis arrêté. Et je suis monté.

Je n'arrive pas à soutenir son regard. Je baisse les yeux vers mon clavier, en crachant une dernière goutte de venin :

– Te fous pas de moi, s'il te plaît...

Cette fois, il rit franchement. Et il a bien raison. À sa place, je ferais pareil. Je ne sais pas ce qui me prend. Moi-même, je trouvais ça beau. Qu'est-ce que c'est que cette modestie mal placée ?

Je voudrais lui demander pardon de me montrer aussi brutale. Je voudrais surtout le remercier pour le compliment. Mais il reprend, sur un ton à peine agréable :

– Tu m'as l'air d'être une belle victime de la compétition, toi ! Je crois que le conservatoire t'a bien déformée...

Il s'éloigne du piano. Il retourne vers la porte.

– D'ailleurs, il vous déforme tous. Vous êtes d'un parano ! Dès qu'on vous fait un compliment, vous croyez que c'est une blague. C'est triste d'en arriver là !

Je reste muette. J'attends qu'il parte. Pour pouvoir enfin sortir d'ici à mon tour. Et aller réfléchir calmement quelque part.

– Enfin, heureusement, tout n'est pas désespéré dans les conservatoires. Il y a encore des gens pour barbouiller les jolies affiches des profs qui ne respectent pas les règles du jeu...

J'avoue que je ne m'attendais pas à ça. Je sursaute. Et j'interroge Jean-Charles du regard. Mais, pour le moment, il ne semble pas disposé à donner plus d'explications. Il a déjà la main sur la poignée.

– Eh oui ! tu vois, on m'a raconté tes exploits... Je t'avoue que ça m'a fait beaucoup rire. Et très plaisir. Pour une fois que le petit Fargeolles tombe sur un os !

Il ouvre. Le boucan des autres instruments s'engouffre dans ma salle.

– Bon, je te laisse *travailler*... Au fait, l'invitation pour cet après-midi tient toujours.

7

Des cailloux, de l'herbe, des arbres. Par instants, j'ai des poussées d'angoisse. Je me dis que je suis folle d'avoir suivi la troupe. À chaque pas, je sens ma journée de travail rétrécir, se réduire à rien du tout. Et puis, pendant quelques secondes, je me calme. Mon esprit se détache du couvent. Je reviens ici. Sur ce chemin. Près de Jean-Charles...

Depuis quelques minutes, nous marchons à l'arrière du groupe. Les autres ont compris qu'il voulait discuter avec moi et qu'ils devaient nous laisser seuls. Face aux silences très explicites de Jean-Charles, même les filles ont fini par lâcher.

Bien sûr, je ne lui ai pas encore posé la question qui m'obsède : est-ce qu'il va venir nous faire de l'ombre dans notre conservatoire ? Je lui ai seulement demandé chez qui il est à Genève. Je n'ai pas été déçue. Son prof...

C'est Paul Schneider ! Oui, Paul Schneider ! Il vient de me l'annoncer, tranquillement. Je suis encore sonnée... Le type qui marche sur les cailloux à côté de moi est dans la classe d'une star internationale ! Chez mes parents, j'ai le *Concerto en sol* de Ravel par Schneider. Je pleure chaque fois que j'écoute ce disque ! Le deuxième mouvement notamment, à l'entrée de la flûte. Déchirant... Et là, je me balade avec quelqu'un qui côtoie ce dieu !

Mais il y a plus fort encore. Jean-Charles m'a appris que Paul Schneider est un ami du Maître. Ils se sont connus au CNSM de Paris dans leur jeunesse... Je ne le savais pas ! Et je crois que, au conservatoire, personne n'est au courant. Le Maître n'en a jamais parlé. Évidemment, ce n'est pas lui, avec son humilité légendaire, qui va s'amuser à répandre ce genre de bruit... Schneider et Chaland ne se sont pas vus depuis des années. Mais ils ne se sont pas oubliés. Et ils s'estiment toujours. La preuve : Jean-Charles est venu ici, sur les conseils de Schneider, pour faire du ménage dans sa technique. C'est ce qu'il m'expliquait, juste avant de se taire.

D'ailleurs, ce serait peut-être le moment d'évoquer la question sensible : quels sont ses projets avec Chaland ? Mais je préfère attendre encore un peu, j'envisage plutôt d'aborder l'autre sujet. Celui qui est en suspens depuis ce matin et qui m'a bien occupé l'esprit ! À se demander si ce n'est pas pour éviter de trop y penser que j'ai si bien travaillé !

Oui, c'est maintenant qu'il faut en parler. Jean-Charles a de nouveau son sourire malicieux.

Je commence donc à chercher mes mots. Mais Jean-Charles, me voyant hésiter, me demande aussitôt :

– Ce n'est pas la grande histoire d'amour avec Fargeolles, alors ?

– Non, pas vraiment... Et comment tu le connais, d'abord ?

– Il traîne en Suisse, de temps en temps. Il a participé à plusieurs festivals. Ça commence à être une petite célébrité !

– C'est dingue ! Il est partout, lui... Je me demande comment il peut jouer autant. Ce n'est quand même pas un très bon pianiste !

– Non... Mais il sait se faire connaître. Et certains pourront te dire que ça fait partie du talent.

– Eh bien, si c'est ça, la musique, autant arrêter tout de suite !

Jean-Charles se tait et ne réagit pas quand je donne un coup de pied rageur dans un caillou que j'envoie rouler assez loin sur le chemin, comme si je voulais atteindre les autres, devant. Mes « amis » du conservatoire, qui prennent de plus en plus d'avance, qui donnent l'impression de fuir.

Je les désigne du menton :

– Ils t'ont parlé de moi, alors ?

– Oui.

– Et c'est venu comment ?

– Très simplement. Je leur ai demandé qui était cette fille mystérieuse qui lisait toute seule dans son coin...

Je fais mine de ne pas voir son air espiègle.

– Et ils t'ont tout lâché, comme ça ?

– Non, rassure-toi, au début, il m'a fallu leur tirer les vers du nez...

– Et donc, ils ont fini par causer.

– Oui, c'est vrai, à la fin, ils ont parlé assez librement.

– Ça ne devait pas être beau à entendre !

Je dégomme un deuxième caillou. Un peu moins fort. Peut-être parce que, au fond, je suis un peu flattée.

– Détrompe-toi... Je crois qu'ils auraient plutôt tendance à t'admirer. Ils reconnaissent tous ta valeur de pianiste. C'est peut-être ta manière d'être qui les effraie, ton caractère un peu entier...

– Tu peux le dire... Mon caractère de cochon !

– Un caractère bien trempé, plutôt...

Jean-Charles me jette un petit regard en coin et il ajoute :

– Un caractère trempé dans l'encre rouge !

Je n'arrive pas à soutenir son regard amusé, presque approbateur. J'observe mes chaussures couvertes de poussière.

– Ils t'ont dit, au moins, pourquoi j'ai fait ça ?

– Oui. Fargeolles aurait donné les programmes d'examen à ses élèves avant les autres profs...

– Ce n'est pas « aurait » ! C'est sûr ! Il *a* triché ! Ses élèves ont eu le programme trois semaines avant nous ! Juste avant les vacances de Pâques, en plus ! Certains ne m'ont pas crue, mais moi, je le sais...

Jean-Charles me scrute. Curieux d'apprendre la suite. Je passe immédiatement aux aveux :

– Eh oui ! tu vois, moi aussi, ça m'arrive d'écouter aux portes... Et quand tu entends les morceaux d'exam joués quasiment au tempo, alors que toi tu commences à peine à déchiffrer, il n'y a pas trop de questions à te poser...

– D'accord, je comprends mieux... Et donc, vous avez râlé ?

– J'ai râlé. Toute seule ! Ils se sont tous dégonflés... J'ai demandé que le programme soit changé. Je voulais aussi repousser la date de l'exam. Mais le directeur a tout étouffé. Et Chaland a dit qu'on n'avait pas besoin de changer quoi que ce soit. Qu'on serait largement à la hauteur... Tu parles, si c'est rassurant !

– Et donc, là, tu as préparé ta petite vengeance contre Fargeolles !

– Je n'ai rien préparé du tout. Ça c'est fait comme ça... Je suis arrivée un midi... Il y avait son affiche dans le hall... Avec sa photo, en grand, là ! Sa petite tronche de frimeur...

Je me retiens de taper encore dans un caillou.

– En plus c'était pour un concert à Paris ! Personne ne pouvait imaginer y aller ! Cela faisait vraiment genre : « Regardez-moi les bouseux, je joue à la capitale. » Alors, ça m'a énervée... J'ai pas réfléchi. Il y avait personne dans le hall, et...

Les mains au fond des poches, je rentre la tête dans les épaules. Jean-Charles termine à ma place :

– Tu as sorti ton feutre rouge et tu lui as dessiné un gros nez de clown !

– Voilà...

Jean-Charles rit doucement. Malgré la chaleur, je me mets presque à frissonner. J'ai l'impression de sentir de nouveau le scandale se répandre dans le conservatoire.

– Ça a dû bien te défouler !

– Sur le moment, oui. Mais j'ai vite regretté. Parce que c'est le genre de truc qui pose rapidement des problèmes...

– Des problèmes ?

– Bah, oui ! les gens ont su que c'était moi. Et puis, de toute façon, je me suis pas vraiment défendue.

– Et alors, qu'est-ce que tu as eu comme problèmes ?

– Comme par hasard, je n'ai pas eu mon prix...

Jean-Charles me dévisage, de plus en plus intéressé.

– Ils ne te l'avaient pas dit, ça ?

– Non... je l'ignorais.

– Bah, oui ! Évidemment, personne n'a rien remarqué ! Je n'ai pas eu mon prix, mais tout est normal ! Enfin, bon, je dis ça... Peut-être que je n'avais pas le niveau, après tout !

Je m'apprête à envoyer valdinguer un nouveau caillou, lorsque Jean-Charles me demande :

– Qui étaient les invités du jury ?

Il semble tellement prêt à confirmer mes soupçons que j'hésite un instant. Par peur d'être déçue, sans doute.

– Il y avait une femme. Je n'ai pas retenu son nom... Victor Destaumes était là aussi.

Jean-Charles ralentit. Nous nous arrêtons presque. Il me fixe et il dit :

– C'est possible.

Je demande, faussement naïve :

– Qu'est-ce qui est possible ?

– Que Fargeolles ait voulu ta peau, et qu'il l'ait eue... Ne me dis pas que tu ne t'en es pas douté.

– C'est vrai... J'y ai pensé.

– Cherche pas plus loin. Fargeolles, Destaumes et compagnie, c'est une vraie petite mafia ! Je les connais. Dans les jurys, ils peuvent se mettre d'accord à l'avance sur les candidats à flinguer. La moindre faille, ils se ruent dedans...

Jean-Charles plisse les yeux :

– Et la faille, chez toi, qu'est-ce que c'était ?

Je commençais à me réjouir, trop heureuse d'être enfin comprise. Je me mets à bredouiller :

– Je... J'ai eu un trou de mémoire...

– Comme ce matin ?

– Oui.

Je regarde les champs autour de nous. Les arbres. Le ciel. Comme si cela m'intéressait, tout à coup. Heureusement, Jean-Charles reste muet. Il me laisse continuer.

– Enfin, il n'y a pas que ça... J'ai fait des erreurs d'interprétation, aussi. Par exemple, mon Mozart était trop beethovénien.

– Ton Mozart, trop « beethovénien »... C'est Destaumes qui t'a raconté ça ?

– Oui. Je pense qu'il a voulu dire que mon Mozart était trop dur, trop tourmenté, trop musclé. Enfin, comme si c'était Beethoven qui l'avait composé, et pas Mozart, quoi !

– Je comprends bien, mais... Chaland, qu'est-ce qu'il en dit de tout ça ? Tu lui en as reparlé ?

– Oui.

– Et alors ?

– Il n'en pense pas grand-chose.

– Cette interprétation, vous l'aviez mise au point ensemble ?

– Oui.

– Et tu crois qu'il t'aurait laissée faire fausse route ?

– Normalement, non. Mais parfois, j'ai des doutes.

Là, Jean-Charles m'attrape le bras et m'arrête au milieu du chemin.

– Écoute-moi, Caroline... Je ne sais pas si on se reverra après ce stage. On ne sait jamais ce que la vie nous réserve. Alors, je ne compte pas y aller par quatre chemins... Voilà ce que je pense de ta manière de jouer. Tu confonds peut-être encore certaines choses. Tu sembles croire que la rage c'est la puissance et que la fragilité c'est la sensibilité... Mais ce n'est pas grave ! Ça va évoluer ! Et puis, moi, je préfère ça à rien du tout. Au moins, ce que tu joues, ce n'est pas tiède... Ah, c'est sûr des gens comme Fargeolles ou Destaumes, ça doit les effrayer ! Mais c'est normal, ce sont des musiciens de salon. Eux, ils font de la musique pour faire joli... Ils ne veulent surtout pas voir que Mozart c'est autre chose que de la musique gentillette et que ça peut être dramatique, tendu, comme dans Beethoven... Parce qu'il y a tout dans Mozart, la joie évidemment, mais aussi les larmes, le désespoir et même l'amertume... Chaland fait partie des gens pour qui cela est évident, et j'imagine très bien vers quel genre d'interprétation il a pu te conduire... Donc, ne regrette rien ! Garde le cap ! Continue de faire confiance à Chaland ! C'est un grand, un très grand... Je vais même te dire un truc : je n'ai eu que deux cours avec lui, eh bien, crois-moi si tu veux, mais, à côté, Schneider me paraît presque approximatif parfois... Je n'ai jamais vu une telle finesse dans la vision du piano, une telle volonté de maîtrise totale de la musique, une volonté de ne rien laisser au hasard, d'explorer systématiquement la partition. Je t'assure, j'ai l'impression d'être un débutant... Tu as de la chance, Caroline. Tu es l'élève d'un des plus grands profs d'Europe. N'oublie jamais ça. Plus personne ne se souvient de lui dans les salles de concert... Mais, toi, tu dois garder ça en tête. Toujours ! Edgar est un Maître absolu. N'aie pas peur de défendre les interprétations qu'il te propose...

Jean-Charles lâche mon bras. Il ne l'a pas vraiment serré. Je ne peux pas dire que j'ai mal, mais je sens encore l'empreinte de ses doigts sur mon biceps.

– Désolé. Je m'emballe un peu...

Après un bref silence, Jean-Charles sort son portefeuille de sa poche. Il en tire un petit carton.

– Je ne voudrais pas avoir l'air envahissant... Je te donne ça, tant que j'y pense.

Il me tend une carte de visite.

– Ne crois pas que j'aie l'habitude de la distribuer à n'importe qui... Je déteste les occasions ratées, voilà tout...

Je prends la carte. Jean-Charles précise :

– Ça ne t'engage à rien. Je veux seulement que tu saches que, si c'est nécessaire, si tu en as besoin pour avancer, je suis prêt à te répéter encore tout le bien que je pense de ton jeu, à n'importe quelle heure du jour et de la nuit. Je ne supporte pas de voir le talent submergé par le doute...

Je glisse la carte dans ma poche :

– Merci... Il faudrait que je te donne mes coordonnées, moi aussi.

– Oui, bien sûr.

– Je n'ai rien pour écrire...

Jean-Charles rouvre son portefeuille. Il en sort un minuscule crayon et un bout de papier.

– Considère le problème résolu !

Un peu soufflée par la rapidité des événements, j'écris mon nom complet, mon adresse, mon numéro de portable. Je lui rends le tout. Avec un étrange sentiment de culpabilité. Je me demande si ça ne va pas un peu vite.

Jean-Charles jette un œil au papier.

– Bien... J'espère qu'on ne se perdra pas de vue.

Il rempoche son portefeuille.

– En tout cas, on peut se dire qu'on a fait le nécessaire...

Les autres ont disparu. Nous ne sommes plus que tous les deux. Le vent agite doucement les feuilles au-dessus de nos têtes... Jean-Charles me montre le chemin vide devant nous. Nous nous remettons en marche. Et alors, je sens que c'est le moment. Le bon moment. En tout cas, je ne vois pas quand je pourrais retrouver une telle occasion.

– Jean-Charles, il faut que je te pose une question.

– Ah...

– Vu d'où tu viens, je devine la réponse...

– Et moi, je crois deviner la question !

Il rigole déjà. Tant pis. Je suis lancée.

– Est-ce que tu seras dans la classe de Chaland, cette année ?

– Non. Je vais seulement prendre des cours privés chez lui. Tu n'as rien à craindre pour l'examen final, si c'est ce qui t'inquiète. Je ne viendrai pas te faire concurrence au sein même du conservatoire. Voilà. Tu es rassurée ?

– Oui... Enfin... Excuse-moi, j'ai un peu honte de ma question...

– Toi, au moins, tu as le courage de me la poser directement. Tu ne fais pas comme les autres qui tournent autour du pot... Si tu veux tout savoir, cette année, avec Chaland, je veux préparer les concours d'entrée aux CNSM.

– Les CNSM… En France ?

– Eh oui ! Lyon, Paris…

– Tu n'as pas eu ton prix, à Genève ?

– Si. Je l'ai eu.

– Bah, alors, c'est comme si tu repartais de zéro !

– En gros, oui.

– Tu es dingue ! Personne ne fait ça !

– Qu'est-ce que je devrais faire ? Passer des concours internationaux ?

– Pourquoi pas…

J'ai envie de préciser que je l'ai espionné moi aussi et qu'il me semble capable d'affronter les meilleurs pianistes du monde. Mais Jean-Charles hausse déjà les épaules :

– Bien sûr, je pourrais essayer. J'aurais peut-être mes chances, d'ailleurs… Sauf que je considère que gagner ce genre de concours à même pas dix-neuf ans, c'est ce qui pourrait m'arriver de pire.

Nous avons marché vite. Nous sommes en train de rattraper les autres. Jean-Charles ralentit le pas.

– Tu vois, si j'ai un petit bémol à apporter à mon discours sur Chaland, c'est à propos de la façon dont il a géré sa carrière… Prix international super jeune, tournée mondiale, et puis plus rien. L'oubli total… Effroyable, bien sûr… Mais un peu logique, aussi ! Les gens ne sont pas idiots. La virtuosité, la précision pianistique infinie, au bout d'un moment, ça les assomme… Ils ne viennent pas au concert pour voir un bon élève réciter sa leçon. Ils veulent être emportés, entraînés par quelque chose d'essentiel, d'authentique... Ce qui les intéresse, ce sont des artistes qui leur apportent une expérience forte de la vie... des gens qui ont souffert et qui ont dépassé leurs douleurs... Oui, voilà, les artistes doivent montrer la voie de la guérison et, si possible, la voie du bonheur... Et je suis désolé, mais ce n'est pas un musicien de vingt ans qui peut faire ce travail. Même le plus génial d'entre tous les génies ! Alors, bien sûr j'ai envie de me faire connaître et je ne vais pas attendre d'être un vieux croûton. Mais d'abord, je dois me demander si j'ai quelque chose à raconter aux gens... En gros, et je le dis sans aucun mépris pour Chaland, parce que j'ai une immense admiration pour lui et que, d'après moi, il reste un des meilleurs pianistes européens, en gros, donc, je voudrais connaître l'inverse de ce qu'il a subi. C'est-à-dire que je voudrais mûrir avant d'être cueilli...

Les autres nous ont entendus arriver. Ils commencent à se retourner. Jean-Charles leur adresse un petit signe. Et avant que nous les rejoignions, il me glisse un dernier clin d'œil :

– Voilà, ma chère Caroline, tu sais tout...

8

– C’est mieux…

Quand le Maître emploie ce genre d’expression, cela signifie qu’on a beaucoup progressé, qu’on a même fait un saut énorme. Évidemment, il n’avouera jamais qu’il est très content. D’ailleurs, en général, ses critiques ne tardent pas à venir.

– Par contre il faut que tu fasses attention à la qualité sonore de tes traits à la main gauche… Par moments, on n’est pas loin du grand n’importe quoi.

Qu’est-ce que je disais ? Le petit coup de massue qui tasse bien sur la banquette, histoire qu’on n’ait pas envie de se réjouir trop vite.

– Je te rappelle qu’une main gauche ce n’est pas là pour le décor. Tu dois apporter le même soin à sa partie qu’à celle de la main droite… Dans tes traits, c’est catastrophique. Non seulement tu flottes rythmiquement, mais parfois tu ne joues même pas la bonne note ! Je te le répète, un trait, ce n'est pas un vulgaire paquet de notes qu'on balance sur le clavier et qui arrive comme il peut. Pense à chaque note, même s'il y en a vingt qui s'enchaînent. Elles ne sont pas confondues. Elles ont toutes une individualité... Si tu ne fais pas ça, tu ne joues jamais deux fois le même trait et alors, forcément, tu ne peux pas mémoriser un jeu qui est bancal !

– Oui, monsieur...

– Arrête de n'en faire qu'à ta tête. Travaille le texte, explore son architecture. C'est fastidieux, mais c'est comme ça qu'on prend tout de suite les bonnes habitudes... Cesse de mettre ton mouchoir sur les passages qui t'enquiquinent. Accomplis un travail systématique, avec les deux mains ! Il est grand temps !

Boum ! Prends ça dans les dents ! Le pire, c'est qu'il a raison. Je passe trop vite sur les passages litigieux. Notamment à gauche... Je crois apprendre ces passages, mais je ne les comprends pas. Je ne les retiens donc que d'une manière superficielle. D'où les ruptures de mémoire, le jour J. D'où le trac peut-être. Comme si, au fond de moi, je savais que je ne suis pas complètement prête.

– Bon, on a encore deux minutes...

Le Maître repose la partition sur le pupitre.

– Tu vas rejouer à partir d'ici...

Il met le doigt sur la première mesure d'un passage qui ne m'a jamais posé problème. Je jette un bref coup d'œil pour me le remémorer, puis je me lance. Ce n'est pas trop difficile. À droite, ça tricote un peu. À gauche, par contre, c'est le calme plat. Pas beaucoup de notes. Aucun déplacement. Là au moins, je n'en mets pas à côté.

– Voilà. Arrête-toi... Je suis sûr que tu te dis que c'est facile, parce que la main gauche a peu de notes à jouer et qu'elle est quasiment statique.

Décidément, j'ai l'impression de le connaître par cœur, mais il arrive encore à m'étonner.

– Ne me regarde pas avec cet air. Tu sais, Caroline, ce qui te passe par la tête se retrouve immédiatement sur le clavier. Et il y aura toujours des gens assez attentifs pour l'entendre...

Le Maître remet le doigt sur la partition.

– Ici, on est dans le cas typique du passage où la main gauche est tout sauf décorative... Je dirais même que, dans ce passage, le chant est précisément à la main gauche. Autant le dire, la main tourne comme une folle dans les aigus... Et c'est la main gauche qui tient tout, avec quelques notes, avec beaucoup de silences... Son rôle est de ramener la main droite à la raison, patiemment, jusqu'à ce que ça se termine dans un grand sentiment de paix. Une espèce d'extase harmonique...

Sans un mot, il me fait signe de reprendre. Je joue en pensant à ce qu'il vient de m'expliquer.

Effectivement, le propos musical est tout de suite plus clair. Ma main gauche semble vraiment écouter ma main droite, l'envelopper de silence, calmer sa folie. Et mon « extase » est assez réussie...

Dès que j'arrive à la fin du passage, le Maître referme ma partition. Il me la rend, sans un mot, avec un regard qui me dit : « Au travail ! » Nous nous quittons là-dessus.

Disciplinée, je retourne dans le bâtiment d'en face. Je me replonge dans la cacophonie des autres instruments. Sans penser à eux, sans penser à rien d'ailleurs, je m'enferme dans la première salle libre et, consciencieusement, je repasse tous mes traits, les uns après les autres. Ceux de la main droite. Ceux de la main gauche... Je ne laisse rien passer. Et ça marche. Lorsque, pour finir, je file ma sonate, tout fonctionne, ça me coule des doigts.

À la fin du morceau, je retire mes mains des touches avec le sentiment très agréable du devoir accompli.

J'éprouve aussi un étrange sentiment de vide.

Sans trop y réfléchir, je me dépêche de refermer mon piano et de quitter la salle. Il est tard. Je suis morte de faim. Les autres doivent avoir commencé à dîner. Alors, je cours dans le bâtiment silencieux. Je suis la dernière.

Mais, à peine arrivée dans la cour, totalement déserte, je m'arrête net. Dans le bâtiment des profs, j'entends un piano. C'est le Maître. Il se prépare pour septembre, fébrilement : Rachmaninov, *Concerto n° 2*. Une très belle version en perspective. Il ne manque plus que l'orchestre...

J'ai hâte d'y être... Et en même temps, en écoutant cette musique, interprétée avec toute la force, toute l'émotion, toute la richesse de la maturité, je ne peux pas m'empêcher d'être un peu triste... Eh ! oui, ce ne sera jamais qu'un concert d'ouverture de saison dans un petit conservatoire de province, avec seulement l'orchestre des élèves. Bien loin des grandes salles et des grands orchestres auxquels le Maître pourrait prétendre !

Oubliant la faim, je laisse derrière moi ces belles notes de piano qui semblent se perdre dans le ciel vide au-dessus de la cour, je passe les grilles de l'ancien couvent. Je traverse la petite route. Tout en posant un pied sur le muret, je contemple les toits du village, et la vallée où nous avons fait une autre balade aujourd'hui... J'ai encore passé un peu de temps seule avec Jean-Charles, à l'arrière du groupe. Les filles sont persuadées que nous sommes amoureux, je le vois bien ! Si j'osais, je leur dirais que nous sommes seulement en train de devenir amis. Mon seul désir est de jouer de la musique, d'avancer, de découvrir de nouvelles œuvres et de proposer mes interprétations à qui voudra bien les entendre... J'observe cette vallée que j'attends de revoir tous les ans avec tellement d'impatience et, pour la première fois, je ne suis pas désespérée à l'idée de devoir bientôt la quitter. Là-bas, caché derrière les montagnes, j'ai l'impression que le monde m'appelle.

9

Kévin est assis dans mon dos, sur mon lit. Il attend.

Je viens de plaquer mon dernier accord. Je le fais durer. Je ne sais pas pourquoi, mais je n'ai pas envie de me retourner. Pourtant, il va falloir relever les doigts. Je ne peux pas finir comme ça. Je viens d'ajouter trois mesures à l'accord final. Bientôt quatre. Où est-ce que je vais ? Allez, courage !

Je coupe la résonance des cordes. Je me retourne, sous les applaudissements de Kévin.

– Bravo, Caro ! C'était génial !

– Merci...

– Tu as progressé à fond ! Ça coule tout seul. C'est plus léger. Tes mains ont l'air plus à l'aise. Surtout ta main gauche, non ?

– Oui. C'est possible...

Je ne donne pas de détails. Je ne précise pas que, effectivement, c'est ce que j'ai bossé comme une dingue depuis mon retour de stage. Et ce que j'aurais continué de travailler, s'il n'avait pas sonné tout à l'heure. S'il ne m'avait pas... dérangée ! Je l'avoue, je n'avais pas envie de le voir. Quand j'ai entendu son scooter, ça m'a mis les nerfs en pelote.

– Il y a un passage que j'ai adoré ! Je voudrais bien que tu me le rejoues. C'est un moment tout doux. Complètement planant...

Kévin bouge la main droite, il la fait s'envoler vers le plafond de ma chambre. Et il chantonne. Je vois aussitôt de quoi il veut parler. C'est le fameux passage où la main gauche « écoute » la main droite. Avec l'« extase » finale. Il l'a repéré.

– Tu vois ce que je veux dire ?

Je n'ai plus envie de jouer. Je fais mine de me creuser la tête, en espérant que Kévin va laisser tomber. Hélas, il insiste :

– Tu sais, c'est le passage où on a l'impression que la main droite est un peu folle...

Il a dit « main droite », « folle ». Décidément, il me tue. Bon allez, finissons-en. Je rouvre la partition au bon endroit et je joue, de façon mécanique. Sans m'engager.

– Oui, voilà, c'est ça !

Je m'arrête le plus vite possible. Je vais jusqu'à la fin de la phrase, et pas plus loin. Kévin est enchanté :

– Qu'est-ce que c'est beau ! Ça ne t'embête pas de recommencer ?

Comment refuser ? Comment est-ce que j'expliquerais ça ? Moi, la dingue du quartier avec son piano, qui prétend jouer comme elle respire ! Je m'exécute. Mais c'est horrible à entendre, parce que j'ai envie d'en finir et que j'y mets encore moins mes tripes. Voilà, je trahis la musique, en plus de trahir la confiance de Kévin... Je conclus la phrase encore plus sèchement que la première fois. Et pour que Kévin ne me demande pas de recommencer, je trouve ce truc très malhonnête :

– J'ai les doigts un peu fatigués.

– Ah, excuse-moi ! Je ne me rends pas compte. J'abuse... Tu veux qu'on aille se promener ?

C'est le piège. Je ne peux pas prétexter que j'ai encore besoin de travailler. Puisque je suis soi-disant épuisée. Alors, je quitte ma banquette.

Nous sortons de la maison. Mon père est dans le potager, en train d'arracher des mauvaises herbes. Kévin va le saluer.

– Au revoir, monsieur...

Papa se relève.

– Au revoir, Kévin.

Il lui serre la main chaleureusement. Parce qu'il l'aime bien. Parce que c'est un gars sérieux, qui apprend un vrai métier. Parce que lui, au moins, ce ne sera pas un chômeur.

– Quand est-ce que tu reprends le boulot ?

– Lundi prochain, monsieur...

– Bon, bah ! repose-toi bien. Faut être en forme pour le turbin !

Papa tape sur l'épaule de Kévin. Puis, sans m'accorder le moindre regard, il reprend son travail d'arrachage.

Tandis que nous nous dirigeons vers son scooter, Kévin m'annonce à voix basse, un peu rougissant, comme toujours dans ces cas-là :

– Y a personne chez moi...

Comment me dérober ? Nous nous mettons en route. Moi marchant sur le trottoir, Kévin poussant son engin dans le caniveau.

Quand nous arrivons devant son immeuble, nous tombons sur ses copains. Il sait que je n'ai pas grand-chose à leur dire. Alors il ne s'attarde pas. Il se contente de les saluer, en passant... Il fait semblant de ne pas entendre leurs petits ricanements.

Pendant qu'il va ranger son scooter, j'attends dans le hall, face aux plantes en plastique et au miroir où je vois l'image d'une fille qui ne se sent pas du tout à sa place. Qui a envie de s'enfuir, de retourner à son piano, de se blottir contre lui. De ne plus penser à rien, sauf à la musique.

Quand Kévin revient du local à vélos, je n'ai pas bougé. Il a l'air soulagé de voir que je suis encore là... Et presque étonné. Comme s'il s'attendait à ce que je sois partie. Comme s'il y était déjà prêt.

Nous montons les quatre étages. Sur chaque palier, on entend les télés à travers les portes... Je me raccroche aux souvenirs de mon stage. Aux longues discussions, le soir, devant le coucher de soleil.

Kévin sort son trousseau de clés, en essayant de faire le moins de bruit possible dans cette cage d'escalier qui résonne. Nous entrons dans l'appartement de ses parents, triste et silencieux, où on n'entend que le ronronnement du frigo.

– Tu veux boire quelque chose ?

– Non, merci...

J'attends dans l'entrée. Kévin va dans la cuisine se laver les mains. Il les brosse longuement. Avec du savon. Beaucoup de savon... Puis il les sèche, et ressort. De plus en plus gêné.

Quand nous arrivons dans sa chambre, Kévin baisse un peu le volet. Pendant ce temps, je regarde les murs. Je regarde ces grands rectangles jaunes et vides qu'il y a sur la tapisserie, à la place des posters de voitures. Décrochés il y a bien longtemps. Pour me plaire.

Après avoir lâché la manivelle, Kévin revient vers le lit. Il n'ose pas s'asseoir. Il m'attend.

Hélas, aujourd'hui, j'ai encore moins envie de le rejoindre que les fois précédentes. J'ai beau me dire que je n'ai rien à craindre de sa part et qu'il ne me donnera que des caresses douces et respectueuses, qui n'iront pas trop loin, je ne peux pas m'avancer vers lui.

L'inquiétude s'empare de Kévin. Maintenant, il semble prêt à entendre le pire. Du coup, les mots me viennent tout seuls :

– En fait, je t'ai un peu menti... Je ne suis pas fatiguée. Tout à l'heure ce que je voulais, c'était continuer de travailler. Je n'ai pas osé te l'avouer... Alors, voilà je te le dis : j'ai besoin de bosser mon piano, c'est vital. Il faut que je profite des vacances. C'est mon seul moment de libre. Tu comprends ?

Kévin respire de nouveau :

– Mais, oui. Bien sûr !

– Je suis vraiment désolée...

– C'est moi qui te demande pardon, Caro ! Je n'avais pas réalisé !

Sans même me demander mon avis, il me fait ressortir de sa chambre. Il me reconduit dans l'entrée presque joyeusement.

Je prends quand même le temps de me serrer contre lui :

– Je me rends bien compte que je ne suis pas très disponible pour toi.

– T'inquiète pas, Caro... Tout va bien ! Je sais que pour toi, les vacances, ça n'existe pas.

Il me frotte le dos, un court instant. Il ne profite même pas de la situation pour me voler un baiser. Il pose juste ses lèvres sur mon front, avant de rouvrir la porte :

– Allez... Au boulot !

10

– Tu vas le quitter ?

– Parfois, je me dis que ce serait mieux...

– Bah, n'hésite pas alors, laisse-le tomber !

– Mais, ce n'est pas aussi simple ! Ça fait tellement d'années qu'on est ensemble...

– Ouais, voilà, vous êtes habitués l'un à l'autre ! Mais, personnellement, ce n'est pas ce que j'appelle de l'amour !

Maud pose le front contre la moquette de sa chambre. Ventre sur le sol, ses longues jambes de danseuse sur les côtés... C'est ça qui est fatigant avec elle. Toujours occupée à travailler son corps. Impossible de mener une conversation calmement, sans qu'elle soit en train de s'étirer. Par moments, c'est un peu agaçant.

– Bon. Et physiquement, vous en êtes où ?

– Toujours au même point...

– C'est-à-dire nulle part ?

– Si tu tiens à appeler ça comme ça, oui...

– Tu ne veux toujours pas prendre la pilule ?

– Ça ne me dit rien pour l'instant... Et puis on a le temps.

– Oui, bien sûr on a le temps ! Et puis le temps passe ! Et puis on se rend compte qu'on a perdu son temps.

– Mais, je suis pas comme toi, à sauter sur les mecs !

– Je ne te parle pas de ça. Je te dis seulement de trancher les situations pourries ! On dirait une bonne femme de cinquante ans qui se demande si, oui ou non, elle va oser divorcer... Tu as dix-sept ans ! Tu n'es pas une petite épouse, Caro ! Tu n'as pas à t'embêter avec des histoires comme ça.

– Mais ce n'est pas une « histoire comme ça » ! Sans lui, je n'en serais pas là ! Je n'aurais jamais fait les horaires aménagés ! C'est lui qui a persuadé mes parents... Finalement, tu vois, c'est grâce à lui si on s'est connues !

– Bon d'accord. Et après ? S'il faut sacrifier sa vie pour tous les gens qui nous ont aidés, on n'a pas fini... Parle-moi plutôt de ton Jean-Charles. Est-ce qu'il est beau ?

– Mais arrête avec ça, maintenant ! Il n'y a rien entre nous...

– Faudrait que je t'enregistre quand tu parles de lui...

– Mais, arrête, je te dis... Il m'a redonné espoir pour la suite du stage, c'est tout. J'étais complètement déprimée. Je te jure, quand il est entré dans ma salle, je me disais que le piano c'était terminé !

Maud étire ses jambes le plus possible. Position grand écart maximal. Je regarde son chignon, posé sur son crâne à quelques centimètres de moi. J'ai envie de tirer dessus, de l'arracher.

– Vous vous revoyez quand ?

– Début septembre... Il vient prendre son premier cours.

– Comment il fera quand il sera ici ? Il dormira à l'hôtel ?

Maud relève légèrement le visage, pour me décocher un petit sourire coquin. Je garde mon calme :

– Non. Il ne dormira pas à l'hôtel... Il dormira chez sa tante.

– Ah, bon ? Il a une tante dans la région ?

– Oui. Elle habite en ville, pas très loin d'ici, je crois... Mais si ça t'intéresse, je peux demander à Jean-Charles l'adresse exacte ! Comme ça tu iras voir par toi-même s'il est beau...

Maud décolle le ventre du sol. Avec cette grâce qui m'époustouflera toujours, elle redresse son buste parfait. Elle tend son cou long et fin. Face à son sourire, face à son visage légèrement rosi par l'effort, je ne peux pas m'empêcher d'ajouter, comme si j'étais effectivement déjà un peu jalouse :

– Et puis, si ça se trouve, tu tomberas amoureuse de lui…

Avec une facilité à pleurer, elle replie une jambe et monte l'autre. Elle pointe son pied vers les hauts plafonds de l'appartement de ses parents.

– Et où est-ce que vous vous verrez, alors ? Chez sa tante ?

– Non. On se retrouvera sans doute au café, avant que je reprenne mon bus. Il arrivera de l'aéroport.

– Mmm… C'est romantique !

Le mollet collé à l'oreille, Maud sourit moqueusement, comme si les muscles de sa jambe étirée communiquaient avec ceux de son visage.

– Et Kévin, il sera au courant de ces petits rendez-vous ?

– Non.

– Tu ne comptes pas lui parler de Jean-Charles ?

– Je n'en vois pas l'utilité…

– Tiens, donc…

Maud baisse la jambe. Et tout en essuyant la sueur de ses tempes avec le dos de sa main gracile, elle me dit, soudain sérieuse :

– Ce qui prouve bien qu'il y a un problème avec Kévin. Et si tu as encore de l'affection pour lui, tu ne peux pas le laisser mariner comme ça…

– Je sais.

– De toute façon, quel avenir tu as avec lui ? Sans être méchante, vous ne serez pas amenés à vivre dans le même monde...

– Et alors ? Pourquoi est-ce qu'une pianiste ne pourrait pas vivre avec un électricien ?

– Oui, bien sûr Caroline, bien sûr... Mais, enfin, avoue qu'il y a un problème. Un jour ou l'autre, vous ne verrez plus les choses de la même manière ! Et c'est peut-être déjà ce qui est en train de se passer...

– Si c'est ça, c'est vraiment injuste...

– Mais arrête de vouloir savoir ce qui est juste ou injuste... Demande-toi ce qui est bon pour toi !

Maud s'apprête à soulever l'autre jambe. Elle replie sa cuisse sous elle.

– C'est comme la pilule ! Rien que pour tes douleurs, prends-la ! Et puis, tu verras, ce sera mieux ! Tu arrêteras de te demander si tes règles tomberont ou pas pendant tes exams... Je te donne l'adresse de ma gynéco. Elle est super délicate, je t'assure !

– Oui, je sais, tu me l'as déjà dit...

– N'hésite pas ! Tu as droit à tout ça, Caro. Simplifie-toi la vie !

Maud attrape son pied, et le pointe en l'air :

– À moins, bien sûr, que tu aimes les choses compliquées...

11

Je donne le *la* avec mon piano et, pendant que Marianne et Bertrand s'accordent, je regarde autour de moi. Les murs du conservatoire. Voilà, j'y suis. Enfin...

Tout à l'heure, en marchant dans les couloirs, en entendant les violons, les flûtes, les trompettes, les clarinettes, les trombones... les pianos, j'avais l'estomac serré... Le petit peuple du conservatoire a fait ses stages aux quatre coins de la France. C'est reparti pour la course ! Mais j'ai le moral. Je me sens dans le coup. La fin août s'est bien passée. J'ai eu la surprise de recevoir une carte de Jean-Charles, envoyée de Val-Fond. Il me décrivait l'ambiance archisnob de la station de ski... Il devait forcer le trait pour que je ne me sente pas trop nulle dans mon coin. Entre les lignes, j'ai quand même compris que l'ambiance était studieuse. Ça m'a poussée vers mon piano. Ça m'a rappelé que si j'étais dans un lotissement où rien n'avait l'air de se passer, d'autres élèves en France et dans toute l'Europe étaient en train de cravacher. J'ai bien bossé. C'est peut-être même cette jolie carte qui m'a fait tenir jusqu'à la rentrée.

Bertrand est prêt. Il attend, violon sur le genou. Bronzé et fier de l'être... Ses parents ont une résidence au bord de la mer et, son programme à lui pendant les vacances, c'était sieste sur le sable l'après-midi et violon la nuit, dans une dépendance de la maison. Il était tout content de nous raconter ça, en arrivant... Ça m'a fait un peu rire.

Marianne s'est moins étendue. Mais elle a dit le principal : elle, elle a enchaîné trois stages. Ça, par contre, ça m'a plombée. Trois stages ! La vache ! Le pire c'est que ça se remarque... Elle joue quelques notes pour vérifier qu'elle est accordée et, déjà, on voit qu'il y a quelque chose de changé dans sa façon de donner ses petits coups d'archet. Oui, on sent que le son est droit, puissant. Apparemment, elle a rencontré un grand prof parisien qui lui a donné un sacré coup d'accélérateur. L'an prochain, elle essaiera de rentrer dans sa classe. Et dès cette année, elle va prendre des cours privés avec lui... Comme quoi, les stages-usines sur lesquels tout le monde fait mine de baver, ces stages avec des profs qui se font payer très cher ne sont pas forcément une arnaque... Je le sais bien. Je ne me le suis jamais caché. C'est ce que m'a rappelé la carte de Jean-Charles. Et c'est pourquoi j'ai redoublé d'efforts cet été. Pour ne pas être à la traîne aujourd'hui.

Bertrand observe Marianne lui aussi. Ces changements ne lui ont pas échappé. Marianne nous fait signe qu'elle est prête. Alors il se tourne vers moi, un peu tendu :

– On y va ?

– Quand vous voulez...

Officiellement, l'objectif c'est de filer le trio, pour voir ce qu'il en reste depuis l'audition du mois de juin. C'est également de nous faire plaisir, de recommencer l'année en musique, avant de repartir chacun de notre côté, vers de nouvelles aventures... Mais, au fond, chacun sait pertinemment qu'il est là pour montrer aux autres où il en est.

Nous nous mettons en position. Moi, les mains au-dessus du clavier. Eux, l'archet suspendu au-dessus des cordes. Nous échangeons un dernier sourire de défi... Puis, Bertrand respire.

Dès les premières mesures, c'est la folie ! J'ouvre grand les vannes. Et on peut le dire : ce que je balance sur le clavier est à peu près parfait...

Marianne et Bertrand sont partis à fond eux aussi. Et comme je le craignais, Marianne aligne des notes incroyables. Ce n'est plus la même musicienne. En juin, c'était une violoncelliste quelconque. Là, c'est fini. Ses attaques sont archiprécises. Et je ne parle même pas de ses démanchés ! Avant, on avait l'impression qu'elle n'osait pas glisser vers les aigus, comme si elle avait le vertige. Elle arrivait toujours un peu au-dessous de la note. C'était agaçant, mais presque amusant, au fond ! Je me disais : moi, je serais violoncelliste, je ne supporterais pas ce genre d'approximation, je corrigerais immédiatement et je serais meilleure qu'elle... Eh bien, ça y est, elle corrige. Elle se jette dans la pente. Et ce qui sort de son violoncelle est juste. De bout en bout !

À la fin du premier mouvement, nous faisons une pause. Bertrand a un souci d'archet.

Pendant qu'il fait sa petite cuisine, légèrement nerveux, j'observe Marianne... Elle est immobile. Elle attend, sans perdre sa concentration, les yeux braqués sur sa partition. Braqués peut-être sur son avenir. Qui doit lui paraître dégagé, si j'en crois son sourire de satisfaction. Et tant mieux pour elle, après tout ! Qu'elle réussisse ! C'est tout ce que je lui souhaite.

De toute façon, cette année, rien ne m'atteint. Je me sens forte. Et pourtant, il y aurait de quoi désespérer !

Parce qu'il y a un petit imprévu. Un imprévu qui se prénomme « Irina »... Hé oui, on se croyait débarrassés de Damien, mais, surprise de la rentrée, il y a un nouveau monstre dans les murs. Chaland ne nous en avait pas parlé de ce coup-là... Il a accepté une jeune Polonaise dans sa classe. Treize ans. Tous les talents du monde. Le jury d'admission était sous le charme, paraît-il. Et je suppose que celui qui nous jugera au mois de juin le sera également.

Quand j'ai appris la nouvelle, hier, j'ai été un peu assommée... Ce qui est rassurant, c'est que j'ai déjà relevé la tête. Et que je suis de nouveau à l'attaque. Prête à en découdre.

D'ailleurs, nous allons pouvoir continuer. Bertrand a réglé ses petits problèmes. Il récupère bien vite son violon dans l'étui :

– Excusez-moi...

Marianne, imperturbable, reprend son archet.

Je replace mes doigts à la verticale des touches, tout aussi sûre de moi. Et tandis que Bertrand, un peu rouge sous son bronzage, se tortille sur sa chaise pour trouver la bonne position, je me dis que, moi non plus, je ne suis plus la même musicienne. Depuis cet été, quelque chose a changé. Et j'ai comme le sentiment que ce n'est pas terminé.

12

La sonnerie annonce la fin de l'entracte. Dans quelques secondes, le concert va recommencer. Je n'arrive pas à y croire.

Pourtant ce n'est pas un rêve. Jean-Charles est assis à côté de moi. Dans le fauteuil suivant, il y a bien sa tante Jacqueline, que mon euphorie semble attendrir...

Oui, je me trouve bel et bien dans l'auditorium du conservatoire, plein à craquer de gens qui, comme moi, ne doivent pas en revenir... Et sur la scène, le piano est là. Grand ouvert. Attendant celui que personne n'aurait imaginé voir ici il y a encore une semaine !

Tout est allé tellement vite ! Rien que d'y penser, j'en ai le tournis. Pauvre M. Chaland, assis deux rangs devant nous, comme un anonyme au milieu du public... Dire que c'est lui qui aurait dû être dans les loges, à cet instant, prêt à se lancer dans son concerto.

Mais en même temps sa tête qui dépasse des fauteuils c'est la preuve qu'il ne pourra pas jouer ce soir. C'est la preuve de la chose incroyable qui se prépare ! Oui, dans quelques secondes, va apparaître celui qui le remplace au pied levé ! Celui qui préparait le *Deuxième Concerto* de Rachmaninov pour ouverture de saison, mais à Berlin – excusez du peu ! Celui qui a accepté de venir roder son programme chez nous, dans notre modeste conservatoire de région, avec l'orchestre des élèves ! Mesdames, messieurs, dans quelques secondes je vais voir... Nous allons voir... Paul Schneider ! En chair ! En os ! En musique ! Schneider vivant !

Et dire que tout cela est arrivé un peu grâce à moi ! Quand nous nous sommes retrouvés au café, l'autre jour, avec Jean-Charles, c'est moi qui lui ai annoncé la tendinite de M. Chaland et l'annulation de son concert... Il a aussitôt sorti son téléphone. Les coups de fils se sont enchaînés. Et nous y voilà ! C'est le grand moment. C'est maintenant.

La sonnerie s'arrête. En me retournant une dernière fois, je vois enfin Maud apparaître au fond de la salle, s'installer sur un strapontin, un peu essoufflée. Avant le début du concert, elle m'a appelée pour me dire qu'elle n'allait pas pouvoir assister à la première partie. Elle était encore chez elle, en pleine séance d'étirements ! J'ai eu peur qu'elle manque aussi la deuxième partie. Peur qu'elle manque cet événement dont je ne cesse de lui parler depuis une semaine pendant les cours... Mais elle est là. Alors tout est bien. Ça peut commencer...

Comme si j'étais entendue, la lumière baisse. Les premiers musiciens rentrent sur scène... Je les applaudis, sans retenue ! Pour calmer mon excitation et les remercier encore une fois de ce qu'ils nous ont joué en première partie. C'était vraiment très bon. Bien meilleur que d'habitude, en fait ! Comme si la présence de Schneider dans les loges fouettait tout le monde... Quelle soirée, quelle soirée !

Tous les musiciens s'assoient, sauf Bertrand, notre fier premier violon, qui n'en mène pas large pour une fois... Il va chercher le *la* au piano, un peu courbé, comme s'il voulait qu'on ne le voie pas. Il appuie sur la touche. Deux fois. Pas plus. Juste ce qu'il faut pour que le hautbois attrape la note et la relance au reste de l'orchestre... D'habitude, Bertrand s'accorde debout, il se montre. Mais, là, il retourne vite s'asseoir parmi les autres. Il remonte ses petites gammes, en vitesse, histoire de vérifier qu'il a les doigts bien chauds... Il n'est pas le seul à être fébrile. Du côté des instruments à vent, j'aperçois aussi des visages angoissés... Eh oui, il y a du solo en perspective ! Pendant le concerto, il va falloir dialoguer avec le piano par-dessus l'orchestre, et ce soir, plus que jamais, la moindre fausse note sera fatale. Heureusement, le bêtabloquant va encore faire des miracles...

Voilà, ça y est. Tout le monde est accordé. Le silence retombe sur l'orchestre.

Enfin, on entend marcher dans les coulisses. Et surgit celui que nous attendions tous : l'homme qui joue pour les publics les plus exigeants de la planète. Il est là, sur la scène de notre auditorium...

Nos applaudissements ont presque du mal à partir, mais ils ne tardent pas à retentir. Très fort ! Tandis que monsieur le directeur apparaît à son tour, modeste, bien conscient que ce ne sont pas ses qualités de chef d'orchestre qui nous plongent dans un tel délire !

Paul Schneider s'avance sur la scène. Il s'incline dans la lumière. Profondément. Puis, il se redresse. À son sourire reconnaissant, au regard droit qu'il promène sur la salle, comme si nous étions aussi précieux que le prestigieux public de Berlin qui l'attend dans quelques jours, on comprend qu'il n'est pas là pour jouer à l'économie... Il va tout donner.

Il se tourne vers M. le directeur, resté en arrière, qui grimpe aussitôt sur son podium et qui, la baguette un peu tremblante, le regarde s'asseoir au piano.

Les applaudissements s'arrêtent. Dans le silence, Schneider se concentre, mains sur les cuisses... À la position de son corps, parfaite, solide, on devine déjà la force de ce qu'on va entendre.

Et, effectivement, dès que le premier accord est planté au fond du clavier, comme un petit coup de fouet, on a l'impression que tout est dit et qu'il n'y aurait plus rien à ajouter.

Heureusement ça continue. Les graves, purs, nus, montent du ventre du piano... Les aigus explosent de plus en plus fort. Ensuite, les notes se mettent à tourbillonner. Comme pour appeler l'orchestre, comme pour l'inviter à suivre le piano.

Soudain, l'orchestre s'éveille, se déploie comme un immense ouragan. Il se met à souffler. Voilà, c'est parti ! Les bras pèsent de tout leur poids sur les archets ! On est emporté... On a l'impression de naviguer sur une mer déchaînée, d'être soulevé par la houle. C'est beau. C'est beau ! C'est encore plus puissant que je l'aurais cru. Oh, ce que j'aimerais être parmi eux ! Comme j'aimerais avoir appris le violoncelle, le violon ou n'importe quel autre instrument de l'orchestre pour pouvoir me défouler avec eux ce soir ! Hélas, je ne suis qu'une pianiste. Et quand on est pianiste, soit on est la star, soit on est dans la salle avec les spectateurs. Comme Jean-Charles, ou moi. Comme le Maître, qui hoche la tête discrètement dans la pénombre devant nous. Résigné. Regardant les doigts de son ami se poser là où il aurait dû poser les siens, et semblant approuver ce qu'il entend. Comment faire autrement d'ailleurs ? C'est tellement dingue ce qui a lieu sous nos yeux ! Je n'ai jamais étudié la partition en détail, mais j'ai beaucoup écouté ce concerto et je sais où sont les difficultés techniques... Or, Schneider passe tous ces obstacles avec facilité, comme s'il faisait une grande promenade ! On dirait qu'il s'amuse !

Le Maître aurait sans doute joué avec plus de rigueur et de netteté. Mais un peu plus de retenue aussi... Et, justement, ce qui est incroyable chez Schneider, c'est la chaleur, le sourire, la joie de vivre, la tendresse. On dirait qu'il est en train de bercer, de rassurer le public. À nous, les musiciens, plus particulièrement, c'est comme s'il disait : « Voyez les enfants, ces notes répétées à toute vitesse, ce n'est pas bien méchant, il suffit de le vouloir, et ça passe. Même chose pour ces notes séparées par des kilomètres et qu'il faut aller chercher à chaque bout du clavier... Bon, d'accord, on n'a qu'une demi-seconde pour couvrir la distance. Mais pas de panique, imaginez que votre main est un tapis volant. Et hop, voilà, vous y êtes ! En un clin d'œil ! »

Oui, j'ai vraiment l'impression que Schneider nous parle ! Qu'il me parle ! Pour la première fois, j'entends le langage de la musique. Et je voudrais que ça ne s'arrête pas. Je voudrais que ça dure éternellement... Je pense au temps qui défile, je pense à la lumière qui va se rallumer tout à l'heure, et l'idée que cela aura une fin me paraît insupportable... Je suis contente d'aller dormir chez Maud ce soir. Je n'aurais pas pu rentrer chez moi après un truc pareil. Impossible de me retrouver toute seule entre mes murs, avec mes parents qui ronflent au bout du couloir...

Mais j'arrête de me torturer l'esprit !

Schneider continue d'avancer, lui ! Entraînant les autres musiciens, qui eux aussi semblent parfaitement entendre sa voix, son appel. Ils se dépassent complètement ! Je ne les reconnais plus ! Ils ont l'air heureux, confiants ! C'est un nouvel orchestre ! J'ai presque envie de pleurer. Je suis contente pour eux. C'est merveilleux de voir un tel engagement musical. À tel point que mes mains se mettent à bouger sur les accoudoirs. Je suis certaine que tous les musiciens assis dans le public ressentent la même chose, et que ceux qui n'ont jamais appris à jouer d'un instrument ont envie de s'y mettre ! Tout cela grâce au talent d'un seul homme. À sa joie de vivre.

À la fin du premier mouvement, quand le silence se fait brutalement, tout le monde voudrait applaudir, exploser. Mais chacun se retient. Moi la première. La bouche grande ouverte, je respire avec le ventre, pour essayer de faire retomber un peu mon émotion...

Schneider fait une pause de quelques secondes. Il jette un bref coup d'œil à l'orchestre, comme pour vérifier que personne n'est tombé en route. Il sourit également à M. le directeur, qui s'éponge fébrilement le crâne, avant de ranger bien vite son mouchoir quand il se rend compte que le pianiste l'attend.

Mais Schneider ne le presse pas. Il lui laisse le temps de reprendre sa baguette. Et c'est seulement lorsqu'il voit que chacun est prêt qu'il baisse la tête, prêt à jouer.

Alors, ça repart. D'abord l'orchestre, mélancolique. Bientôt suivi du piano, doux et attentif.

Au bout de même pas dix mesures, je ne vois déjà plus rien, tellement j'ai les yeux pleins de larmes. J'ai l'impression que Schneider me dit : « C'est le mouvement lent, laisse-toi aller. Si tu es triste, sois triste... Fais comme cette flûte ou cette clarinette qui viennent me confier leur peine. Écoute leur musique se blottir au creux de la mienne... Vois comme je les console. Tu n'as rien à craindre. Laisse-toi aller. »

Alors, je pleure pour de bon, en pensant à Kévin. Lui aussi, il a écouté mon disque de Schneider, et il aurait sans doute été heureux d'être là. Il aurait été enthousiaste, il aurait mesuré l'importance de l'événement... Or, il n'est pas à mes côtés. Non pas qu'il n'ait pas pu venir. Il n'aurait pas hésité à enfourcher son scooter, si seulement il avait été au courant de la venue de Schneider !

Mais, voilà, je ne lui en ai pas parlé... En vérité, je ne souhaitais pas qu'il soit à côté de moi. Et je sais pourquoi maintenant. Je vais le quitter.

Plus le concert avance, plus j'en suis persuadée. Oui, ce sera mieux pour nous deux. Il ne passera plus son temps à attendre que j'en aie fini avec mon piano. Et moi, je pourrai me consacrer à la musique sans me dire que je le fais souffrir.

Peu à peu, tandis que, avec cette façon tellement optimiste d'interpréter la partition, Schneider semble réconforter tous les instruments de l'orchestre les uns après les autres et leur dire que la vie continue malgré les chagrins, mes larmes cessent de couler. À la fin du mouvement, j'ai les yeux secs.

La tête légèrement penchée, le sourire aux lèvres, Schneider conclut seul. Comme au centre du monde, entre la salle et l'orchestre immobiles, il égrène des notes de plus en plus espacées. Jusqu'au silence total...

Alors, il se redresse. Il jette un regard amical au chef, qui lève aussitôt sa baguette. L'instant d'après, avec une énergie à peine croyable, l'orchestre se lance dans la folie du troisième mouvement ! Ce carnaval insensé, tout droit sorti de l'imagination de Rachmaninov... Schneider écoute. Il semble heureux de la qualité de ce qu'il entend. Et c'est très bon en effet, très enlevé ! L'orchestre du conservatoire a définitivement changé de catégorie... Alors, comme pour le récompenser, Schneider explose littéralement quand vient son tour d'entrer dans la danse. Son jeu est d'un niveau encore supérieur à tout ce qui a précédé. Devant nous, soudain, nous avons le Schneider des plus grands enregistrements...

C'est à couper le souffle. Je voudrais hurler mon bonheur. C'est absolument délirant ! Schneider sautille sur sa banquette. Les notes tombent de partout sur le clavier. Et plus ça tombe, plus ça l'amuse ! La partition ? Le par-cœur ? Ce n'est même plus la question ! La musique naît de ses doigts comme si elle était créée en direct, comme s'il improvisait. Schneider déroule les notes à l'infini. Il enchaîne les phrases, sans douter un instant que l'orchestre va le suivre.

Et l'orchestre suit encore ! L'orchestre ne faiblit pas ! Il monte toujours plus haut ! Emporté par le tourbillon ! Mais nos musiciens sont près de décrocher. Ils s'agrippent à leurs instruments. Pressés que ça se termine. Pressés de revenir sur terre. Il y a des visages rouges, crispés. Il y a des crins qui pendouillent à pas mal d'archets. M. le directeur sue à grosses gouttes sur sa partition. Ses grands gestes commencent à ressembler à ceux de quelqu'un qui se noie... Bref, il ne faudrait pas que ce grand voyage s'éternise.

Moi-même, j'éprouve une sensation de trop-plein. Mes idées commencent à se brouiller. Je suis tellement ailleurs, que je me laisse surprendre par le tonnerre des derniers accords du concerto... Le délire collectif. Les bravos. Les flashs. La pluie des applaudissements. Torrentielle. Démentielle...

Je ne réagis pas immédiatement. Au fond de moi, j'entends encore toutes les notes du piano. Des premières jusqu'aux dernières. Elles n'ont pas basculé dans le passé. Elles sont toujours là, vibrant en moi.

Quand Schneider s'avance sur la scène, en tenant la main de notre directeur chancelant, quand il s'incline sous nos applaudissements, je me réveille enfin. Et je ne fais pas semblant ! J'applaudis encore plus fort que Jean-Charles, et je hurle ! Je hurle pour Schneider ! Je hurle pour les musiciens de l'orchestre, qui sont allés chercher les notes au fond de leurs tripes ! Je hurle même pour cet idiot de Bertrand, à qui Schneider serre la main et qui oublie de faire le coq, de gonfler les plumes ! Sacré Bertrand, on dirait qu'il ne se souvient plus que, dans le protocole, en tant que premier violon, il a droit à cette poignée de main... Comme tout le monde ici, il est ému, bouleversé. Chacun a compris ce qui vient de se passer. C'était de la magie pure.

Après des sorties de scène et des retours à n'en plus finir, Paul Schneider accepte de se remettre au piano. Il se lance dans un nouveau morceau de Rachmaninov. Un truc dingue, avec des coups de battoirs partout sur le clavier, à la vitesse de la lumière. Par moments, on ne voit même plus ses mains. On aperçoit seulement deux formes floues volant au-dessus du clavier... Et encore une fois, cela paraît facile. Comme si la musique était déjà posée sur le clavier et qu'il n'y avait qu'à la cueillir.

Dès que Schneider relève les doigts, les applaudissements fusent dans la salle. Il revient nous offrir un immense sourire qui brille dans les projecteurs, l'air de nous dire que c'est nous qui lui donnons ce talent... On en veut encore ! On en redemande ! Les mains en feu, je me tourne vers Jean-Charles. Il semble heureux de me voir heureuse... Si je pouvais parler, je lui dirais que je ne me suis jamais sentie aussi forte ! Aussi peu écrasée par le talent de quelqu'un ! Il y a un boulevard de musique ouvert devant moi ! J'ai envie de me jeter sur mon piano ! Envie de reprendre toutes mes partitions ! De les dépoussiérer !

Schneider accepte de rejouer. Je reconnais immédiatement le morceau. Un Debussy. Je l'ai travaillé... Mais ça n'a rien à voir avec ce que j'ai pu faire moi ! Quelle finesse... On dirait de l'eau qui s'écoule. Et je me rends compte de toutes mes erreurs. J'entends encore les conseils de M. Chaland, que je n'ai pas su comprendre, sur le moment... Schneider éclaire le chemin jusqu'à la dernière note.

Nouvelle explosion atomique dans la salle ! Comme les gens commencent à se mettre debout, nous suivons le mouvement, Jean-Charles et moi, en hurlant et en tapant des pieds...

Sa tante se lève aussi, mais elle se contente d'applaudir tranquillement, amusée par notre exaltation... D'ailleurs, j'ai un peu honte de me donner en spectacle devant cette dame, élégante jusqu'au bout des ongles, qui m'a fait une forte impression tout à l'heure, quand Jean-Charles nous a présentées. Je ne m'attendais pas à une personne aussi intimidante... En me rappelant qu'elle est là, à côté de nous, je me calme. Je reste debout, mais j'arrête de crier. De toute façon, je suis épuisée. J'ai mal aux bras. Je n'ai plus de mains...

Après un énième rappel, Schneider disparaît définitivement dans les coulisses. La lumière revient.

À côté de moi, Jean-Charles échange quelques mots avec sa tante. Je préfère m'éloigner. Je n'ai pas envie de commenter le concert. Les spectateurs quittent la rangée. J'avance derrière eux le plus rapidement possible. Jean-Charles veut me présenter Schneider, mais à quoi bon ? Il n'y a plus rien à dire. Oui, mieux vaudrait partir maintenant, et jouer de la musique. Il n'y a plus que ça à faire.

Dans le hall, Maud m'attend, l'air détaché. Elle a dû suivre l'événement avec un peu de distance. Le piano, ce n'est pas trop son truc. Disons qu'elle apprécie, mais pas à la folie. Dès qu'elle m'aperçoit, elle prend son air moqueur :

– Hoooooo... Toi, ma grande, tu aurais encore pleuré que ça ne m'étonnerait pas !

Elle me tient le menton pour vérifier l'état de mes yeux :

– Eh oui, c'est bien ce que je dis ! Elle a versé toutes les larmes de son petit corps romantique...

Elle s'apprête à me cajoler, quand soudain, elle s'arrête. Elle murmure, en fixant quelque chose derrière moi :

– Ne bouge plus...

– Quoi ?

– Un mec. Splendide...

À voir son regard passer de l'euphorie à la panique, je comprends que le garçon en question s'approche de nous. Maud a déjà compris...

Alors, c'est à mon tour de la taquiner. Je me retourne. Jean-Charles est là. Je l'accueille avec un grand sourire :

– Ah, Jean-Charles ! Je te présente Maud, ma meilleure amie !

– Enchanté.

Jean-Charles incline la tête vers Maud, totalement

muette. Et sans lui prêter plus d'attention, il se tourne vers moi :

– Bon alors, tu es prête ? On va serrer la main magique ?

– Justement, je voulais te dire que je n'avais pas très envie... Je ne pense pas que ça vaille la peine d'aller l'embêter...

– Mais, si ! Au contraire ! Il est très accessible, tu vas voir !

Jean-Charles pose déjà la main sur mon épaule, pour me faire avancer. Très poli, il n'oublie pas Maud :

– Tu nous accompagnes ?

– Avec plaisir...

Elle se mord les lèvres, en fixant le sol, comme si elle voulait disparaître sous les dalles de carrelage. Mais Jean-Charles ne la regarde pas. Il s'adresse à sa tante, qui se tient un peu à l'écart :

– Et toi, tu viens avec nous ?

– Non, non. Je vais filer...

Elle prononce ces quelques mots avec beaucoup de discrétion. Et si je n'étais pas au courant qu'elle a organisé un dîner dans un grand restaurant avec Schneider, Chaland et le directeur, je ne comprendrais sans doute rien à cet échange.

– Je prends la voiture... Tu t'arranges avec eux ?

– Oui. À tout à l'heure.

– À tout à l'heure.

La tante de Jean-Charles adresse un minuscule sourire à Maud, je ne sais même pas si Maud s'en aperçoit, tellement elle me paraît perdue dans ses pensées.

Pour ma part, j'ai droit à un salut assez marqué. En dépit des nombreux regards bienveillants qu'elle m'a adressés tout au long de la soirée, je m'étonne de voir cette grande dame me serrer longuement la main, comme si j'avais un quelconque intérêt :

– Au revoir, Caroline.

– Au revoir, madame.

– À bientôt, j'espère...

La tante de Jean-Charles me laisse sur cette espèce de promesse. Et, sans se retourner, elle s'éloigne.

Je ne sais pas si c'est la fascination pour cette femme ou bien la peur d'aller voir Schneider... en tout cas, au moment où elle franchit les portes vitrées du conservatoire, je me rends compte que j'ai envie de la suivre.

13

Lorsque nous arrivons dans les loges, c'est la cohue. C'est à peine si nous apercevons la tête de Schneider...

M. Chaland se tient près de lui. Tout droit, timide, Schneider a sans doute voulu avoir son ami près de lui pour rappeler aux gens que, normalement, cette soirée était celle de Chaland et que lui-même n'était qu'un remplaçant. Le Maître aurait été bien incapable de se mettre à côté de la vedette sans qu'on le lui demande.

Ce n'est pas le cas de Fargeolles. Lui, personne n'a dû lui demander de s'approcher, mais il a réussi à se placer à quelques centimètres de Schneider. Il s'est invité tout seul. Ce n'est pas le genre de chose qui lui pose problème...

La clique des pianistes est là aussi, au grand complet. Ils ont vraiment été rapides. En regardant cette masse, je ne peux pas éviter de me demander combien d'entre nous seront un jour à la place de Schneider. Est-ce qu'il y en aura seulement un ? N'est-ce pas criminel de remplir les classes de piano, d'envoyer autant de musiciens sur le champ de bataille, alors qu'un seul sur mille arrivera à faire carrière ?

Je sens le cafard revenir au galop. Et comme pour aggraver les choses, la petite Polonaise arrive à son tour, accompagnée de ses parents. Enfin, « petite », façon de parler... Elle est au moins aussi grande que moi. Elle a des mains presque aussi larges que celles du Maître. Dans notre milieu, on appellerait plutôt ça une « bûcheronne » !

Son programme et son stylo serrés contre elle, elle reste dans son coin, discrète... Mais tout le monde la fusille du regard. Moi-même, je ne peux pas m'empêcher de penser que les choses seraient plus simples si elle était loin d'ici.

Jean-Charles l'aperçoit. Remarquant l'hostilité qu'elle provoque, il ne tarde pas à se pencher vers moi, sans la lâcher des yeux :

– Qui est-ce ?

– Irina. Elle arrive de Pologne. Elle a treize ans. Dépêche-toi de passer les concours des CNSM. Si tu vois ce que je veux dire...

Il promène son regard sur mes camarades de conservatoire, qui désormais tournent carrément le dos à l'intruse. Ils font un mur entre elle et Schneider.

– Ce que je vois surtout, c'est qu'elle n'est pas prête d'avoir son autographe... Vous m'excusez ? Je reviens.

Il me laisse seule avec Maud, totalement muette désormais. Je sens bien que ce n'est pas le moment de lui parler ou de faire des blagues sur les princes charmants... Alors, je regarde Jean-Charles faire la justice sur Terre.

Il va directement vers la petite famille. Visiblement, il met Irina et ses parents en confiance. Sans hésitation, la mère et le père lui laissent leur fille, qu'il emmène aussitôt vers Paul Schneider.

– Pardon... Pardon... Excusez-nous.

Il écarte la troupe de pianistes. Personne n'ose protester. Beaucoup de gens savent qui est Jean-Charles et de qui il est l'élève... Mais cela fait grincer des dents que la « gamine » passe avant tout le monde. Dans les yeux de Fargeolles, il y a clairement de la haine. Cette petite peste chez son collègue, c'est une catastrophe pour lui. À l'examen final, ses élèves à lui vont être plus pâlots que jamais ! Qu'est-ce qu'il va inventer cette fois pour tricher ? Est-ce qu'il va donner les programmes trois mois avant ?

Jean-Charles arrive devant son professeur. Il lui présente Irina. Je n'entends pas ce qu'ils se disent... mais Schneider se retourne vers Chaland, avec l'air de demander : « Cette jeune fille est dans ta classe ? » Le Maître confirme. Schneider n'a pas besoin de plus d'explications.

Il sait que si Chaland a accepté une fillette dans sa classe, c'est qu'il ne s'agit pas d'une demi-pianiste... Il se penche vers elle, et s'adresse à elle avec beaucoup de tendresse. Son regard est plein d'encouragements. Irina est aux anges. Mais dans les rangs, on commence à s'impatienter. Et comme si elle sentait parfaitement toute cette rancœur concentrée sur elle, Irina finit par tendre son programme et son stylo à Schneider qui le signe, avant de l'embrasser sur les joues... Après un dernier salut, Jean-Charles fait ressortir Irina du cercle, en la tenant par les épaules. Et tandis que les admirateurs se pressent de nouveau autour de Schneider, il la ramène vers ses parents.

Pour mieux contempler la scène, ils se sont un peu rapprochés de nous. Si bien que, pour la première fois, j'entends l'accent d'Irina :

– Melci, monsieur, de m'avoil fait passer avant les autles !

– Je t'en prie... Allez, bonne nuit !

Jean-Charles lui fait la bise. Il serre la main de ses parents, qui le saluent avec chaleur. Je suis en train d'observer tout ça du coin de l'œil, en me croyant discrète, quand, soudain, Irina regarde dans ma direction. Et oui, c'est à moi qu'elle fait ce petit sourire. Suffisamment rapide pour que je ne me sente pas obligée de répondre... Et, effectivement, je ne lui réponds pas. Je détourne les yeux. Je fais mine de m'intéresser à ce grand cirque, devant moi. Ce grand théâtre de l'hypocrisie, où chacun essaie de rester le plus longtemps possible avec Paul Schneider. Moi qui n'avais pas très envie de venir, je me méprise soudain carrément d'être mêlée à cette mascarade.

Dès qu'Irina a quitté les loges, Jean-Charles revient vers nous, l'air de dire : « À qui le tour ? » Je me sens de plus en plus mal à l'aise.

L'arrivée des musiciens n'arrange pas les choses. Finis les visages blêmes. Oubliées les grandes émotions. Retour des élèves de conservatoire gonflés de vanité... Je comptais leur exprimer toute mon admiration pour le travail qu'ils ont fourni ce soir. C'est fini. Mais de les voir se pavaner avec leurs instruments dans le dos, en s'assurant que tout le monde les regarde bien, me donne plutôt envie de m'enfuir.

Et pendant ce temps, Schneider continue d'expédier les flatteurs, poliment, mais fermement. Une poignée de main cordiale, deux petits mots échangés, et au suivant... C'est redoutable. Les gens n'osent pas s'accrocher. Même Fargeolles passe à la trappe. Il s'en va à reculons, comme un laquais.

Plus que deux personnes devant nous. Schneider est tout près maintenant... M. Chaland aussi. J'observe sa main paralysée par la tendinite. Son sourire triste. Qu'est-ce que ça lui fait d'entendre ces félicitations qui auraient dû lui être adressées ? Et moi, vais-je en rajouter ? Non. Bien sûr que non.

Tandis que Schneider salue les personnes qui sont devant nous, je tourne les yeux vers Jean-Charles. Il voit parfaitement ma détresse, et m'adresse un signe d'encouragement...

Alors j'essaie de prévenir Maud de ce que je vais faire. Je n'ai même pas le temps d'articuler son prénom. La main de Jean-Charles se pose sur mon épaule :

– Caroline...

L'immense Paul Schneider est face à moi. Les cheveux encore collés par la sueur, il m'observe. Ma stupéfaction semble lui plaire. Il me tend la main... Mais je ne m'avance pas :

– Excusez-moi...

En regardant le Maître, je répète :

– Excusez-moi.

Et je m'enfuis. Je quitte les loges. Je file dans le couloir interminable qui mène vers le hall.

À la sortie de l'auditorium, quelques spectateurs sont en train de discuter. Ils me regardent passer en trombe.

Je vais dehors, sur le parvis. Là, les yeux accrochés aux quelques étoiles qui brillent faiblement dans la lumière des lampadaires, je tourne en rond, honteuse du sacrilège que je viens de commettre. Et redoutant l'arrivée de Jean-Charles.

Je suis presque soulagée de voir Maud, totalement paniquée, débouler dans le hall. La pauvre, elle n'imaginait sans doute pas se retrouver si rapidement en tête à tête avec Jean-Charles.

Je me rapproche des portes vitrées, en lui faisant un signe. Elle m'aperçoit dans la pénombre. Elle sort aussitôt. Nous ne disons pas un mot. Ni sur ce qui vient de se passer. Ni sur le reste...

Jean-Charles arrive à son tour, la mine réjouie. Dès qu'il passe la porte, je lui présente mes excuses :

– Je suis désolée. On n'a pas dû lui faire ce coup-là très souvent.

– Pas très souvent, non...

Dans son air amusé, il y a comme de l'admiration. Mais je n'éprouve aucune fierté.

– Je ne sais pas quoi te dire... Je n'ai pas pu... J'espère qu'il ne l'a pas mal pris.

– Non, non... Rassure-toi.

Jean-Charles me saisit par les épaules. Comme pour mieux me scruter. Maud regarde ailleurs. Heureusement, Jean-Charles ne tarde pas à me libérer :

– Bon, ça t'a plu quand même ?

– Oui... Je n'ai même pas de mots... C'est pour ça, tu comprends, je ne voyais pas l'intérêt de parler avec lui...

Mes yeux s'embuent un instant. Jean-Charles me dévisage en silence, comme si nous n'étions que tous les deux. À côté de nous, Maud essaie de se faire discrète. Je ne l'ai pas oubliée, bien au contraire ! Et comme je n'ai pas envie de lui infliger ce spectacle plus longtemps, je lui demande, très gentiment :

– On va peut-être aller se coucher ?

Elle hoche la tête, tétanisée. Alors je m'adresse à Jean-Charles, avec la même discrétion que sa tante :

– Bonne fin de soirée...

– Merci...

– Vous rentrez à pied, c'est ça ?

– Oui.

Il semble un peu inquiet de nous savoir toutes seules dans les rues à une telle heure. Je le rassure :

– Maud habite vraiment à côté.

– Bon. Rentrez vite alors. Soyez prudentes...

Il me fait une bise très appuyée, comme si c'était avant tout pour moi qu'il avait peur. Il se tourne vers Maud avec beaucoup moins d'empressement :

– Au revoir, Maud.

– Au revoir...

Maud n'espère sans doute pas un baiser. Mais Jean-Charles lui fait la bise de façon tellement évasive que j'en suis gênée pour elle.

– Bon, on se voit la semaine prochaine ?

– Oui, si tu veux...

– Évidemment que je veux ! Rendez-vous à la même heure. Même endroit ! D'accord ?

– D'accord...

– Allez, ne vous mettez pas en retard pour moi. À bientôt !

Après un dernier signe de la main, Jean-Charles retourne à l'intérieur du conservatoire.

Alors, je me retrouve seule avec Maud sur le trottoir. Nous nous mettons aussitôt à marcher. J'aimerais lui dire que ce n'est pas la peine de se mettre dans cet état. Que la voie est libre. Il faut qu'elle arrête de se faire des idées sur Jean-Charles et moi... Mais elle semble tellement sous le choc que je préfère me taire pour le moment. Et je ne suis pas non plus certaine d'aborder le sujet en arrivant chez elle. J'ai le sentiment que, pour une fois, nous n'allons pas discuter jusqu'à deux heures du matin dans nos lits.

14

– Tu veux toujours acheter des fleurs ?

– Oui, s'il te plaît.

– Bon. Je crois me souvenir que c'est par là...

Jean-Charles trouve une place sous les arbres de la charmante avenue.

Nous descendons de la voiture de sa tante. Cette grosse voiture dans laquelle il m'attendait un peu à l'écart de la sortie du conservatoire. Comme s'il avait senti que j'avais besoin de discrétion...

Il va chercher un ticket de stationnement à l'horodateur. Je reste à côté de la voiture, en essayant de chasser toutes les questions qui ont tourné dans ma tête pendant la semaine, à propos de cette invitation mystérieuse de sa tante, qui part en voyage et qui souhaite me voir avant de prendre son avion...

J'essaie de ne pas penser non plus à Maud. Elle n'est pas au courant de cette soirée, alors qu'il y a seulement deux semaines, je me serais empressée de lui annoncer une telle nouvelle. Et nous aurions passé tous les cours à papoter, à essayer de deviner la raison de cette invitation... Est-ce qu'une amitié peut s'arrêter comme ça ? Sur un malentendu... Si seulement elle acceptait de parler ! Mais, le matin, en cours, elle écoute. Elle note tout. Elle ne perd pas une miette de ce que disent les profs. Et à midi, lorsque nous arrivons au conservatoire, elle ne vient plus faire ses échauffements dans ma salle, au son de mes exercices de Brahms...

J'évite surtout de penser à Kévin. Parce que j'ai vraiment honte de moi. Je n'ai toujours pas eu le courage de lui annoncer ma décision... Dimanche dernier, il était encore là, chez mes parents, avec ma sœur et son mari. J'ai continué de jouer mon rôle comme si de rien n'était... Et je suis sûre que s'il me voyait ici, en compagnie de Jean-Charles, je ne saurais même pas me défendre. Je ne saurais même pas lui dire qu'il se fait des idées, lui aussi. Et que de toutes façons, je suis libre. Que je fais bien ce que je veux... Oui, je crois que c'est ça qui me dégoûte le plus. L'espèce de honte que j'éprouve d'être là...

Jean-Charles revient. Il dépose son ticket derrière le pare-brise. Tout en verrouillant la voiture, il interrompt délicatement mes cogitations :

– On y va ?

Il me passe la main dans le dos, pour m'encourager. Parce qu'il sait très bien ce qui, dans l'immédiat, me préoccupe.

– C'est par là.

Tout à l'heure, à un carrefour, j'ai voulu m'arrêter chez un premier fleuriste... Enfin, un fleuriste... C'était plutôt un de ces grands magasins de fleurs qu'il y a un peu partout sur les boulevards, avec leurs étals pas très élégants, leurs bouquets aux couleurs criardes, fabriqués à la chaîne. Le feu était rouge. Jean-Charles a longuement observé la devanture clinquante, les bouquets alignés comme des bottes de poireaux sur le trottoir. Des bouquets qui ne pouvaient pas convenir à sa tante bien sûr, mais les seuls que j'avais les moyens d'acheter... Il m'a assuré que ce n'était pas la peine d'apporter des fleurs. J'ai rétorqué que je ne pouvais pas arriver chez sa tante les mains vides. Il m'a répondu : « Qui te dit que tu arrives les mains vides ? » Phrase très bizarre, que je n'ai pas osé relever... Le feu est passé au vert. Nous avons continué de rouler. Au bout de quelques instants, j'ai répété que je ne pouvais pas me présenter comme ça. Il a compris. Il m'a dit qu'il connaissait un endroit « bien ». Alors, en pensant à mon pauvre petit porte-monnaie, j'ai commencé à trembler : nous arrivions dans les quartiers huppés.

La boutique est à quelques pas. Comme je le craignais, c'est très chic. Jean-Charles ne me laisse pas tergiverser devant la vitrine. Je n'ai même pas le temps de jeter un œil aux prix, que nous sommes déjà à l'intérieur, face à la vendeuse :

– Messieurs-dames...

« Dames », c'est pour moi. Accrochée à « Monsieur ». La fille sans un rond, qui peut enfin loucher sur les étiquettes autant qu'elle veut... C'est encore pire que ce que je croyais ! Je me rends compte que je vais devoir demander à Jean-Charles de m'avancer de l'argent. C'est l'humiliation totale. J'aurais dû m'écouter tout à l'heure. Bien sûr, les bouquets exposés sous mon nez sont superbes, simples et en même temps très élégants. Tout ce qu'on peut aimer au fond. Sauf que ce n'est vraiment pas dans mes moyens.

– Vous désirez ?

La fleuriste a un merveilleux sourire commercial. Dans quelques secondes, quand elle va découvrir que je n'ai pas assez d'argent, il va se transformer en rictus de mépris.

J'ouvre la bouche. Pour dire quoi ? Je n'ai même pas le temps d'y penser, Jean-Charles me devance :

– Nous voudrions une jolie rose blanche...

Il demande cela avec tellement de distinction, avec l'air de trouver les autres bouquets tellement vulgaires, que la vendeuse s'exécute docilement, comme si nous lui achetions ce qu'elle avait de plus beau dans sa boutique. Elle nous conduit vers les fleurs au détail. Jean-Charles fait mine de ne pas voir mon regard reconnaissant :

– C'est la fleur préférée de ma tante.

Évidemment, une rose toute seule... Je n'hésite pas. Il y en a deux sortes. Je choisis les plus chères. Elles sont bien fermées. Bien fraîches. J'en ai rarement vu d'aussi belles. Celle que la vendeuse tire du pot est parfaite. Elle me la montre, et je dis, avec l'impression d'avoir échappé à la mort :

– Oui, très bien...

La fleuriste emporte la rose jusqu'au comptoir. Elle l'emballe dans du papier cristal. Pendant ce temps, le cœur encore tambourinant, je prépare mon billet. Mon tout petit billet.

Quelques instants plus tard, je suis de nouveau dehors avec Jean-Charles. Et, tandis que nous marchons sous les arbres de l'avenue, j'essaie de lui glisser un remerciement. Je lui montre la rose :

– Elle est vraiment très belle...

– Oui, Jacqueline sera contente.

Sans rien ajouter, Jean-Charles sort les clés de sa poche et déverrouille la voiture à distance... Soudain, je remarque qu'il a l'air préoccupé. Je l'avais noté, mais à présent ça me saute aux yeux. Est-ce à cause de la soirée qui nous attend ? Pourtant, au téléphone ce week-end, quand il m'a dit que sa tante voulait me voir, il avait l'air enthousiaste...

C'est peut-être le concours de Lyon, la semaine prochaine, qui le rend un peu nerveux. Mais de là à être aussi pensif. Presque triste ! Non, vraiment, j'ai l'impression qu'il s'agit d'autre chose...

Nous reprenons la voiture. Jean-Charles conduit en silence... La rose posée sur mes jambes, je me tais. Je pense à mes parents. À la réaction qu'ils ont eue lorsque j'ai annoncé cette invitation en pleine semaine, chez une dame des beaux quartiers. Lorsque j'ai révélé l'existence de Jean-Charles... Je ne sais pas ce que j'ai détesté le plus. La grimace de mon père. Ou bien le sourire intéressé de ma mère... Peu importe. Tout cela me semble déjà loin.

Jean-Charles arrête la voiture devant un grand portail en fer. Il pointe une télécommande vers les deux plaques noires, qui s'ouvrent aussitôt, laissant apparaître une allée de graviers blancs, une pelouse, des arbres. Un jardin immense à deux pas du centre-ville... Une jolie maison, que je ne peux pas m'empêcher de comparer à celle de mes parents. Mais, à quoi bon ? C'est incomparable. C'est un autre monde.

Bizarrement, je suis à l'aise... Jean-Charles gare la voiture dans l'allée, le long de la pelouse. Nous descendons. Tout est calme. Le bruit de la rue reste derrière les murs, derrière le portail qui se referme. Il n'y a plus que le chant des oiseaux, le crissement des graviers sous nos semelles. Et puis cette voix, soudain, qui semble réchauffer l'air frais de cette soirée de début d'automne :

– Bonsoir, les amis...

La tante de Jean-Charles descend les marches du perron et traverse l'allée jusqu'à nous.

– Tout va bien ? Vous ne vous êtes pas perdus en chemin ?

Elle embrasse son neveu. Je m'apprête à lui serrer la main comme la dernière fois. Mais, à moi aussi elle fait la bise :

– Bonsoir, Caroline.

– Bonsoir, madame...

J'ai l'impression de retrouver quelqu'un de familier. Je lui offre ma rose avec un geste presque naturel.

– Oh ! elle est splendide... Merci, Caroline.

Elle m'embrasse de nouveau sur la joue, tandis que sa main enveloppe mon épaule et m'invite à avancer.

En temps normal, l'entrée majestueuse de la maison m'aurait impressionnée. Pourtant, en contemplant ce grand escalier, ses marches de pierre blanche et sa luxueuse rambarde de fer forgé qui monte comme une gracieuse volute de fumée vers les étages, je reste étrangement sereine.

– Mets-toi à l'aise... Enfin, si tu permets que je te tutoie !

– Bien sûr, madame.

– Tu peux m'appeler Jacqueline.

Tandis que son neveu referme derrière nous, elle pose un instant la rose sur une magnifique petite console.

– Donne-moi tes affaires, si tu veux...

Je lui tends mon sac, mon manteau. Elle les met dans la penderie avec précaution, comme des objets sacrés. Et tout en reprenant ma fleur, elle demande à Jean-Charles :

– Tu veux bien conduire Caroline au salon ? Je vais chercher un vase pour cette si jolie rose...

Jean-Charles pend son manteau avec un air amusé qui semble me dire : « Tu vas bientôt comprendre. »

Et en effet, dès que je passe la grande porte du salon, je ne peux pas m'empêcher de remarquer ce qui saute aux yeux. C'est à peine si je vois le reste. Les tableaux. Les meubles d'antiquaires. Les dorures. Les hauts plafonds. Le lustre. Les verres déjà en place sur la table basse, pour un apéritif en mon honneur...

Non, évidemment, ce que je vois en premier, sur son tapis gigantesque, c'est cet immense piano à queue.

Le plus incroyable, le plus fou, c'est ce qui est écrit sur le vernis noir. Je n'ose pas y croire. Et pourtant, je ne me trompe pas. Je n'ai pas la berlue. Le couvercle du clavier est relevé. Au-dessus des touches est inscrite la formule magique, en lettres d'or : « Steinway & Sons ».

La vache, un Steinway !

Je commence à comprendre, oui. Et comme pour effacer mes derniers doutes, la tante de Jean-Charles nous rejoint :

– Alors, est-ce qu'il te plaît ?

Je vois bien qu'elle ne parle pas du précieux vase dans lequel elle a déjà mis ma rose.

15

Nous passons le panneau de ma commune. Jean-Charles ralentit… De la main, je lui indique la direction à suivre.

J'ai encore les doigts tout émoustillés. Parce que, bien sûr, j'ai joué sur le Steinway ! Je ne me suis pas fait prier… Après le repas, nous nous sommes amusés à déchiffrer des quatre mains, Jean-Charles et moi. À fond. Quelle rigolade ! Et quel piano ! Une obéissance parfaite du clavier. La moindre intention qui est transmise aux cordes. Et chaque note qui s'élève, ronde, généreuse, pleine… Par moments, j'avais presque du mal à rire tellement j'étais intimidée de savoir que, cette sonorité exceptionnelle, j'allais pouvoir en profiter tous les jours…

Jacqueline a été parfaite. Tout a été réglé en moins d'un quart d'heure.

D'abord, le contrat, très simple : à partir de dimanche prochain, date de son départ, et jusqu'au printemps, date de son retour, sa maison, et donc le piano, sont à ma disposition... Si j'ai bien compris, Jacqueline va passer l'hiver dans les pays chauds. Mais je ne lui ai posé aucune question, trop heureuse de ce qui m'arrivait.

Deuxièmement, visite des lieux, et en particulier de « ma » chambre, au premier étage. Une adorable petite pièce toute blanche où je peux dormir, si jamais le piano me retient, si mon art « l'exige ».

Pour finir, retour au rez-de-chaussée. Présentation des clés et du système d'alarme, sans autre mise en garde, sans autre leçon de morale que : « Eh bien voilà Caroline, je te confie ma maison jusqu'à mon retour... »

Après ça, nous sommes bien vite passés à l'apéritif.

Quelle soirée ! Quel dîner ! De bons petits plats venus de chez un excellent traiteur, rien que pour moi ! Et quelle conversation agréable ! Je n'ai pas arrêté de jacasser ! J'ai raconté toute ma vie. Mes débuts au piano. Cette grande pianiste que j'ai vue à la télévision quand j'avais cinq ans. Ma décision de faire comme elle, d'être un jour sur une scène, dans une belle robe... La petite école de musique où mes parents n'osaient pas m'inscrire. Mon premier professeur, ce vieil homme qui a su m'orienter vers M. Chaland. Et puis les cours avec le Maître. Les progrès fulgurants. Mais aussi les premières difficultés. Et les doutes quand je suis entrée en cycle professionnel. Le trac de plus en plus insupportable. Les premiers cachets de bêtabloquants, prescrits par mon médecin de famille, un peu effaré au début, mais qui a fini par céder quand il a vu que j'étais prête à faire n'importe quoi pour m'en procurer...

Jacqueline m'écoutait. Elle me fixait comme si je disais tout sauf des bêtises. Je lui ai raconté ma vie... Et maintenant, je me sens vidée. Légère. J'ai l'impression de flotter.

Mais les jolies rues de ma commune, qui défilent de l'autre côté du pare-brise, sont là pour me ramener sur terre ! Jean-Charles se tait. Il voit enfin de ses yeux ce dont je lui ai parlé cet été : l'isolement, la difficulté de me sentir si loin de tout, d'être artiste dans un quartier aussi moche. Pas spécialement délabré. Mais médiocre, sans architecture. Sans activité. Surtout à une heure pareille.

– J'habite au bout du monde, hein !

– C'est vrai que, en bus, ça doit faire une sacrée route...

Jean-Charles hoche la tête, désolé pour moi. Et sans doute encore plus content de ce qui m'arrive ce soir. Puis il replonge dans ses pensées...

Décidément, ça ne passe pas. Il a peu discuté pendant le repas. Oh, il n'était pas désagréable ! Il nous a même fait rire un peu en nous parlant de M. Chaland et des tapisseries pas très jolies de son salon... Mais il était absent. Et ce n'était sans doute pas parce qu'il connaissait mes histoires de bêtabloquants, par cœur. Non, c'est quelque chose d'autre...

Je dirais même que, plus j'observe le beau Jean-Charles, plus je commence à croire à l'idée qui me trotte dans la tête depuis un moment. Depuis le début, en fait ! Depuis que son regard et celui de Maud se sont croisés...

Et si c'était l'amour, tout simplement ? Et si, derrière son air tranquille, Jean-Charles essayait de me cacher qu'il a été bouleversé par sa rencontre avec Maud ? Et s'ils étaient comme deux idiots dans leur coin ?

Nous arrivons à un rond-point. Tout en montrant la direction, je l'interroge encore, de plus en plus excitée :

– Bon, alors ? Tu es prêt pour les épreuves, à Lyon ?

– Je crois...

– Tu vas à quelle heure chez Chaland, demain ?

– Huit heures et demie. Il veut me garder la matinée. Il a décidé de me presser comme un citron, apparemment...

– Je n'aimerais pas être à ta place !

– Je pense que je vais bien dormir, dans l'avion !

– Tu revois Schneider avant d'aller à Lyon ?

– Oui, je vais lui jouer mon programme ce week-end. Ensuite, je me lance dans le grand bain...

– Pas trop stressé ?

– Étonnamment, non... Je t'avoue que ça m'inquiéterait même un peu !

Il rit, puis retourne à ses pensées. Alors, je n'hésite plus... Au moment où nous arrivons dans ma rue, je prends une décision joyeuse ! Eh oui, après cette soirée merveilleuse, c'est mon tour de faire une bonne action ! Mon cœur se met à battre follement...

J'indique ma maison. Jean-Charles s'arrête devant le petit portail en plastique. Je détache ma ceinture :

– Merci de m'avoir ramenée.

– Je t'en prie.

Qu'il est dur à soutenir ce regard ! Comme ça va être difficile de parler ! Même pour une autre !

– Tu es contente ?

– Super contente. Je réalise à peine...

– Tu vas être vite dans le concret !

– Oui, bien sûr...

Je me force à penser à Maud. Je répète son nom. Maud ! Maud ! Maud ! Maud !

– En tout cas, je te remercie d'avoir parlé de moi à ta tante... J'ai vraiment de la chance de t'avoir trouvé sur mon chemin...

– La chance, la chance... On a la chance qu'on a, c'est tout.

Il observe la rue vide devant nous. Les quelques lampadaires.

– Tu sais sur quoi je travaille, moi, à Genève ?

Il hausse les épaules, en riant :

– Bah non, tu ne peux pas savoir, parce que je n'ai jamais osé t'en parler. Mais maintenant qu'on fait partie du même club, je peux te le dire… J'ai un Fazioli, modèle de concert. Trois mètres zéro huit. Le plus grand piano du monde…

Il me regarde de nouveau, fixement :

– Je ne te fais pas l'article. À côté, le Steinway c'est vulgaire, c'est un produit d'usine… Des Fazioli, il s'en construit quelques dizaines par an, et encore. Sur la planète, on est une poignée de privilégiés à en posséder un. Et donc, j'en fais partie. Tous les matins, quand je me lève, je tombe nez à nez avec un piano de roi… Alors, bien sûr, je me dis souvent que j'ai de la chance que mes parents m'aient payé un tel instrument. En même temps, cette chance j'en ai fait quelque chose, j'ai bossé… Et toi aussi tu vas bosser, n'est-ce pas ?

Jean-Charles se donne un air menaçant.

– Hein, tu vas te jeter sur ce piano. Tu vas en tirer tout ce que tu peux.

– Bah, oui… Évidemment…

S'il n'était pas un ami, je crois que je frissonnerais en voyant l'espèce de regard de tueur que Jean-Charles s'amuse à me jeter.

– Je ne te demande pas de remerciements Caroline… Ce que je voudrais seulement, c'est que tu t'accroches tant que tu peux à ce piano. Il n'est plus tout jeune, mais il a encore d'énormes qualités. Les sonorités sont très claires. Il faut que tu les exploites. Développe l'écoute de ton jeu. Apprends à interpréter la musique avec la conscience totale de ce que tu es en train de jouer. Et quand je dis ça, je veux dire : la conscience de ce qui est mauvais bien sûr. Mais aussi la conscience de ce qui est bon ! N'oublie pas que, en toi, il y a tout ce qu'il faut pour faire une très bonne pianiste et peut-être même une grande pianiste...

Jean-Charles se rassoit au fond de son siège, en riant :

– C'est quasiment une déclaration d'amour, hein !

Je me détends à mon tour. Je dis, rougissant un peu :

– C'est vrai qu'on ne m'avait encore jamais parlé comme ça.

Nous échangeons quelques regards pétillants. J'en oublierais presque ma chère Maud...

– Merci encore. Merci pour tout.

Jean-Charles incline la tête humblement.

Pour me donner un peu d'élan, je me penche, comme si j'allais ouvrir ma portière. Je passe la main dans la poignée, si bien étudiée, si bien adaptée à la forme de la paume. Et enfin, les mots sortent d'eux-mêmes :

– Je crois que mon amie Maud est tombée amoureuse de toi...

Du coin de l'œil, j'observe la réaction de Jean-Charles. Il redevient pensif. Mais un minuscule sourire passe sur son visage.

Persuadée que je suis sur la bonne voie, et imaginant déjà Maud me sauter au cou, j'ajoute :

– Si jamais tu as besoin de son numéro de téléphone ou de son adresse...

La poignée est très sensible. J'ai à peine tiré dessus que le froid du dehors me glisse le long de la jambe. Ce qui m'aide presque à conclure :

– Bon courage pour Lyon. Et donne-moi vite de tes nouvelles...

Pour finir, j'embrasse mon chauffeur sur les deux joues, et je lui demande, avec une tendresse cruelle :

– Ça va aller ? Tu vas réussir à rentrer chez ta tante ? Tu ne vas pas te perdre ?

Il me montre le GPS, sur le tableau de bord.

– J'ai mon ange gardien...

C'est dit ironiquement, mais aussi avec l'air de trouver que je suis une fille vraiment formidable. Impayable. Étonnante.

– À bientôt, Caroline...

– À bientôt, Jean-Charles...

Dernier échange de sourires. Puis je descends de la voiture, assez contente de moi.

16

La grande clé dorée d'abord, pour le portail. Ou, plus exactement, pour la porte en fer qui est à côté. Elle doit peser une centaine de kilos. Mais elle pivote sans peine... Je referme bien vite derrière moi. Deux tours.

Si j'osais, j'irais faire quelques pas dans le jardin au soleil, sur la pelouse, près des arbustes qui commencent à perdre leurs feuilles...

Je n'ose pas, je monte le perron. La clé argentée, maintenant, pour la porte d'entrée. Une clé compliquée. Jacqueline m'a montré comment m'en servir. C'est une serrure spéciale. Pas besoin d'enfoncer beaucoup. Voilà. Ça s'ouvre en douceur.

À l'intérieur, il fait bon. Le chauffage tourne tout seul, grâce à un programmateur. Aucun souci à me faire... J'essuie mes pieds. Longuement. J'appréhende l'étape suivante.

Je pose mon sac. Je respire un coup. Et j'ouvre le placard. La lumière rouge est allumée.

Faire le code. Calmement. Voilà. Apparition de la lumière verte. Suivie du bip de félicitations.

Pour finir, ouvrir la porte du salon. Si j'ai mal éteint, si j'ai fait une bêtise sans m'en apercevoir, la sirène va hurler... Je n'ai pas fait de bêtise. Silence. Le salon est à moi. Le Steinway m'attend.

J'enlève mon manteau. Je le pose sur un fauteuil. Théoriquement, je peux me faire du thé et manger des petits gâteaux. Je suis « chez moi ». Mais je vais droit vers le piano et j'en soulève tout de suite l'immense couvercle. Je le cale en position de concert. Ouvert en grand. Autant me faire plaisir.

Avant de me mettre au travail, je jette un œil à l'intérieur. Pour vérifier quelque chose. Normalement, ça doit être gravé dans le métal du cadre... Voilà. Modèle « D ». D'accord.

Dernier détail : je sors le mètre emprunté à mon père... À quatre pattes sur le tapis, je le déroule d'un bout à l'autre du piano. Bien. À peu près 2 m 70... C'est ce que j'avais deviné. C'est le plus long des modèles D. Le meilleur de chez Steinway. Présent dans les plus grandes salles de concert. Joué par les meilleurs pianistes. Utilisé dans la plupart des enregistrements. Qu'ajouter de plus ? Rien. Ou alors, ce que Maud a déclaré, les yeux baissés, quand j'ai réussi à lui dire que j'avais un nouveau piano : « C'est bien, Caro. C'est merveilleux. Profites-en... »

Je me relève. Je retire ma montre, je la range dans mon sac, avec le mètre. Je soulève le couvercle du clavier. Et enfin, je m'installe sur la banquette. Elle est déjà réglée à ma hauteur. Jean-Charles, apparemment, ne l'a pas réutilisée après notre quatre mains de l'autre soir, quand, de façon très galante, en plus de prendre les basses et de me laisser la mélodie, il a pris la chaise...

J'égrène un accord, très doucement. Le piano me répond. La richesse de sa sonorité est encore plus magnifique que ce que je croyais... Comme si, dans le silence de la maison, dans cette solitude parfaite, j'osais enfin ouvrir totalement mes oreilles.

Je retire un instant mes mains du clavier. Je les frotte l'une contre l'autre. Par où commencer ? Quelques exercices de Brahms, bien sûr. Pas très virtuose. Mais je ne me vois pas attaquer un morceau directement, même si j'en meurs d'envie. Trop prétentieux. Alors, allons-y pour les exercices ! Chauffons-nous les doigts. Toujours sans forcer...

Avec une infinie politesse, le piano se laisse conduire. Cependant, il se permet de me faire remarquer que mes doigts ne sont pas réguliers... Eh oui, il y aurait bien une petite faiblesse au quatrième de la main droite. Je ne me vexe pas. Au contraire, je travaille l'exercice à un tempo lent, en accentuant mon quatrième. Et j'en profite pour passer en revue tous mes autres doigts parce qu'il y a encore quelques petits trous sonores par-ci par-là. Inexcusable.

Peu à peu, la guirlande de notes devient régulière. Dans mon dos, dans mes bras, ça se met à tourner parfaitement rond. Même le Steinway semble content de ce premier progrès...

Alors, je me sens autorisée à jouer mon Bach. Une partita. Le Maître nous donne toujours un Bach au premier trimestre. « Ça décrasse », comme il dit. Pour l'instant, c'est ce que j'ai de plus abouti.

Dès les premières notes, l'illumination est là, totale... Bien sûr, c'est mon énergie qui passe dans les touches, c'est ma mémoire qui fonctionne. Mais c'est comme si le Steinway m'expliquait la partition. Dans la fugue, je dois faire sonner trois voix, trois mélodies qui s'entremêlent, comme une tresse... J'en ai bavé ces dernières semaines pour mettre ce morceau sur pied avec mon piano à moi. Je n'y comprenais rien. Tout se mélangeait. Un vrai vomi sonore. Ici, c'est limpide ! Les notes sont parfaitement individualisées, elles ne débordent pas les unes sur les autres. On entend chacune d'entre elles. Elles ne se bousculent pas. C'est calme. Paisible.

J'arrive à la fin sans avoir eu la sensation de me battre. Et sans avoir rien oublié ! Les défauts sont encore nombreux. Il y a eu des attaques irrégulières ici et là. Bref, mon jeu est loin d'être aussi propre que je l'aurais cru. Mais, pas d'affolement ! J'ai presque une année devant moi pour traiter ces problèmes.

Avec mon Chopin, j'ai à peine plus de difficultés. Au début, je mets pas mal de notes à côté. Très délicat, le piano fait mine de ne pas s'en apercevoir. À moi de me débrouiller. Ce qui n'est pas dans le ton n'a pas lieu d'être, voilà tout... Je rétablis le cap immédiatement. Je m'écoute avec attention en me concentrant sur les harmonies.

Au bout du compte, mon Chopin ressemble à du Chopin. Alors, comme s'il s'était absenté, le piano s'intéresse de nouveau à moi, et nous passons aux choses sérieuses. Nous explorons ensemble les innombrables possibilités d'interprétation. Lui, en tout cas, est prêt à aller aussi loin que possible. Il m'aide à faire des pianissimos extraordinaires. Fins, légers et pleins d'énergie... Quant aux fortissimos, c'est incroyable ! Je peux y aller autant que je veux ! Il n'y a pas de limites ! Sur mon piano à moi, les notes « gueuleraient » depuis longtemps. Là, le son a beau être puissant, explosif, il reste digne. Droit. Clair. Follement délicat pour ainsi dire... Voilà, c'est ça la magie d'un grand piano. Le son est égal partout, sur toute la gamme des notes et sur toute l'échelle des nuances. On est comme englobé dans un univers parfait. Et d'un tel univers, désormais, je possède la clé. Je peux m'y balader à volonté.

La nuit est tombée quand j'arrête. Il est grand temps de partir. Je n'ai plus que vingt minutes pour attraper le dernier bus.

Dans l'obscurité, je referme le piano. Puis, je remets ma montre et je me rhabille, sans rallumer. Pour rester sur mon nuage.

Presque tranquillement, je rebranche l'alarme. La lumière passe au rouge. Petite lumière calme, qui semble me dire : « À demain. »

Je quitte rapidement la maison. Je verrouille les serrures derrière moi, d'une main légère, comme si c'était déjà une habitude.

Sur le trottoir, je cours. Dans la rue tout est morne, désert, froid. Ralenti. Un dimanche soir classique, triste à mourir... Et moi je vole. Je suis la seule vivante. La seule à avoir magnifiquement travaillé.

17

– Écoute, je n'ai qu'une chose à te dire. C'est bien.

Sortant de la bouche du Maître, de tels mots valent de l'or. Les murs de cette salle n'ont pas dû entendre une phrase pareille depuis longtemps. Depuis les derniers cours de Damien peut-être.

– En quelques semaines, ton jeu a mûri. Tout est plus cohérent, du point de vue technique comme du point de vue de tes intentions musicales. Tu gères parfaitement tes plans sonores... Ça respire... Il y a de la place... Bref, on dirait que tu as décidé de t'écouter !

Le Maître m'interroge du regard. Apparemment, mes petites fantaisies d'après-concert sont oubliées. Je suis de nouveau examinée comme quelqu'un de sérieux.

Alors, avec le doigt, j'enlève un peu de poussière sur le bord du clavier.

– En fait, il faut que je vous dise. En ce moment, je joue sur un nouveau piano... La tante de Jean-Charles me prête son Steinway.

Et voilà, mon secret est révélé... Je le gardais depuis un mois. Comme si j'avais peur de quelque chose. Peur d'avouer au Maître que j'ai décidé de me battre. D'y croire, enfin. De croire en mon talent.

– C'est un D274. Il est magnifiquement réglé. Le clavier est archirégulier. Juste l'enfoncement qui me plaît. J'ai vraiment de la chance... Le plus formidable, c'est que je peux y aller quand je veux. La tante de Jean-Charles est absente pour tout l'hiver. Elle reviendra seulement au printemps...

Toujours sans regarder le Maître, j'ajoute, en le regrettant déjà :

– En fait, elle est partie en voyage dans l'hémisphère Sud. Elle se balade d'un pays à l'autre...

Je lève enfin les yeux vers le Maître. Dans les siens, je surprends une lueur mélancolique, très passagère.

– Eh bien, il y a des gens étonnants... Et donc tu passes tout ton temps là-bas ?

– Oui. Au moins une trentaine d'heures par semaine.

– Ça s'entend.

De nouveau, je regarde mes chaussures, sous le piano, près des pédales. Je profite du compliment. Un peu crispée. Je pressens ce qui va suivre. En effet, le Maître enchaîne, un peu fébrile :

– Et je crois qu'il était grand temps que tu travailles sur un piano digne de ce nom...

– Vous pensez qu'il est trop tard pour moi ?

– Ne me fais pas dire ce que je n'ai pas dit. Rien n'est jamais joué...

Ici, le Maître pense sans doute à Jean-Charles, qui a échoué à Lyon. Damien a été reçu. Mais pas lui. Boulé au premier tour, comme un pianiste quelconque. Troublé par l'amour, je suppose ! Mais, ça, le Maître ne le soupçonne pas. Il doit se dire que cet échec est un peu le sien.

– Ce qui est sûr, c'est qu'on va faire le maximum. On va se concentrer sur le mois de juin. Je peux t'assurer que, d'ici là, tu n'auras qu'un seul jour de vacances : le 25 décembre. Pour le reste, je ne te fais pas de dessin... Et tant qu'on y est, je voudrais que tu saches aussi que pour l'audition de quatre mains, tu joueras avec Irina.

Je ne bronche pas. Je vois où il veut en venir.

– J'imagine que tu n'as jamais eu l'idée de jouer avec elle.

– Non...

Eh non, monsieur. Je ne vaux pas mieux que les autres. Moi non plus, je n'adresse pas la parole à votre petite virtuose.

– C'est quelqu'un d'intéressant, tu verras. Je suis certain que vous allez vous entendre.

Le Maître me dit ça avec un sourire en coin, qui confirme ce que j'avais déjà compris : s'il me fait jouer avec sa meilleure élève, c'est pour me fouetter. Mais son ton est assez solennel. Apparemment, ce n'est pas qu'une histoire de compétition. Il semble vraiment croire que nous avons des choses en commun. Alors, je hoche la tête. S'il l'a décidé, je suis prête pour cette rencontre.

– Je n'ai pas encore choisi ce que vous jouerez. Je vous dirai ça en temps voulu... En ce qui concerne tes propres morceaux, on ne va pas s'éterniser là-dessus...

Le Maître prend mon volume de sonates.

– L'achat des partitions, c'est toujours difficile ?

– Oui, monsieur...

– Prévois quand même un petit budget pour le mois prochain... En attendant, on va continuer de piocher là-dedans...

Il fait rapidement son choix, un peu nerveux :

– Ça, c'est très bien. Ça fera l'affaire... Bon, on est encore avec le même compositeur, et je considère que tu as compris son univers musical. Ce que je te demande maintenant, c'est de la rapidité dans ton travail. Je veux que la semaine prochaine tu me présentes un morceau quasi bouclé...

Le Maître me rend mon volume, sèchement :

– Voilà, ce sera tout...

– Merci.

Il a son air sévère. Mais, pour une fois, je ne suis pas impressionnée. Je vois bien qu'au fond de lui, il pense que je suis en train de prendre ma vraie dimension. S'il pince les lèvres comme ça, s'il fronce les sourcils, c'est seulement pour ne pas laisser paraître le moindre signe d'enthousiasme. Il ne veut surtout pas que je m'emballe. Il veut m'éviter un nouvel échec et il a décidé de me mettre la pression. Il ne lâchera rien... Ce qui signifie que je suis sur la bonne voie et que j'ai toutes les raisons d'y croire, cette fois.

En me retenant de sourire, en fixant la moquette, je me lève. Je vais ranger ma partition dans mon sac. J'attrape mon manteau.

Avant de sortir, je suis bien obligée de regarder le Maître une dernière fois :

– Au revoir, monsieur.

– Bonne semaine, Caroline.

Il n'a pas bougé. Il se tient debout, près du piano. Cachant dans son dos sa main à peine guérie... Comme Il me paraît fragile, soudain, et tellement seul, entre les murs sombres de cette salle. J'ai l'impression de l'abandonner.

L'élève suivant vient d'entrer. Un gars pas très bon, qui ne fera pas long feu ici. Une fois de plus, il a l'air démoralisé par ce qu'il a entendu de l'autre côté de la porte, et il s'écarte sur mon passage, comme si j'allais le dévorer... Mais, aujourd'hui, je m'abstiens de lui faire mon sourire carnassier.

Et en sortant de la salle, je ne parade pas, la tête haute, comme j'ai pu le faire ces dernières semaines. Je file comme une ombre dans le couloir, sans penser au mois de juin, à mon triomphe possible. Je ne songe qu'à sortir le plus vite d'ici et à retourner travailler humblement sur mon Steinway.

Hélas, en passant devant la porte de Fargeolles, je ralentis, puis je m'arrête, aimantée. Je ne peux pas résister.

Oh, musicalement, aucune crainte à avoir... Ce que j'entends est absolument comique. C'est du piano joué à toute vitesse. Un Chopin survitaminé ! Pied au plancher ! Pédale à fond ! Maximum de résonance ! Maximum de sauce autour de la musique, pour qu'on n'entende pas les fausses notes ! Or, je sais pertinemment qui est au clavier. Dans la classe de Fargeolles, aucun élève n'est capable de faire le zouave comme ça. C'est Fargeolles en personne qui aligne les notes pour épater son élève. Il lui joue son morceau dix crans au-dessus du tempo pour lui montrer qui est le chef. Quel cirque !

Quelle tristesse... Eh oui, dire que c'est ce clown qui est invité dans les festivals, qui passe à la radio et qui commence à enregistrer des disques ! Dire que c'est lui qu'on applaudit... Alors que le vrai musicien, celui que tout le monde devrait connaître, respecter, admirer, est en train de moisir dans sa salle, là-bas, au bout du couloir.

J'aurais envie d'aller secouer M. Chaland. Pour lui aussi, il serait « grand temps » de se relancer... Mais, justement, ce qui m'accable le plus, c'est de savoir que je n'aurai jamais le courage de le faire.

18

Jean-Charles a terminé son dessert depuis un moment déjà. Pour ne pas me presser, pour me faire croire qu'il avait tout son temps, il a commandé un café. Il le boit, à petites gorgées, en me regardant avaler la fin de mon fondant au chocolat...

Il m'a juré que je pouvais m'arrêter là, si je n'avais plus faim. Je me force quand même. Une vieille habitude. Toujours finir mon assiette...

Mais si je continue de me remplir l'estomac, c'est aussi parce que, piocher dans mon gâteau, porter les cuillerées à ma bouche, mâcher, déglutir, m'occupe tout simplement. Ça m'évite d'avoir à affronter son sourire.

C'est bien simple, depuis que nous sommes entrés dans ce restaurant, Jean-Charles me couve du regard ! Pendant le repas, j'ai réussi à faire diversion. J'ai parlé du Steinway en long et en large, de mes sensations, de mes progrès, du fait que je ne verse plus la moindre larme pendant mes cours... Et là, tout à coup, je ne sais plus quoi lui raconter ni où me mettre. Je ne supporte pas cet air radieux avec lequel il me contemple.

Son échec à Lyon ? Il l'a à peine évoqué. On dirait que tout ce qui lui importe, c'est d'être là avec moi... Ça commence à devenir gênant. D'autant qu'il ne m'a toujours pas reparlé de Maud, et que je pourrais me demander s'il n'est pas en train de me draguer.

Heureusement, il me laisse respirer un peu. Il se lève tout à coup :

– Je reviens.

Je me retrouve seule à la table. Je me calme. Je regarde les gens des tables d'à côté qui déjeunent à petits coups de fourchettes bien mesurés, dans la bonne chaleur du restaurant... Et je pense à Kévin. Je l'imagine en train de manger son sandwich dans les courants d'air de son chantier, et j'ai honte. Honte de continuer à jouer la comédie... Oh, évidemment, j'ai une bonne excuse ! Jean-Charles, le Steinway, ça lui a mis un tel coup sur la tête que j'ai décidé de le ménager... Je ne voulais pas qu'il s'imagine que, maintenant que j'avais mon beau piano, je me débarrassais de lui. J'ai donc préféré attendre. Et j'attends toujours.

Je croyais que Jean-Charles était allé aux toilettes. En fait, il est au comptoir, où il paie discrètement la note. Le petit crépitement de la machine me tire de ma rêverie et me rappelle que je n'ai pas fini mon dessert... Je me dépêche de l'engloutir.

Quand Jean-Charles revient, mon assiette est vide. Alors, cette fois, il me demande, sans avoir l'air de me presser :

– On y va ?

– Oui, bien sûr...

Nous retournons vers la sortie. La serveuse nous rend nos manteaux. Jean-Charles s'avance pour m'aider à passer le mien. Mais je me débrouille sans lui. Je n'attends pas non plus qu'il m'ouvre la porte, comme il l'a fait en arrivant. Je la pousse toute seule et je me rue dehors, dans le froid.

Lorsqu'il me rejoint et que nous commençons à marcher, je tente de rependre mes esprits. Je m'empresse de dire :

– Merci, c'était vraiment très bon.

– Tout le plaisir était pour moi...

Il me lance un regard appuyé. Je fais mine de m'intéresser à ce qui nous entoure. Les immeubles. Les pigeons. Les passantes, qui voient Jean-Charles dans son grand manteau et qui me jettent des regards envieux.

Jamais la Grande Place ne m'a paru aussi longue à traverser.

Quand nous arrivons enfin à la station de taxis, je reste en arrière. Je laisse Jean-Charles s'avancer seul vers la première voiture de la file et demander au chauffeur :

– Bonjour, je vais à l'aéroport...

J'écoute à peine sa voix, qui se noie dans le vacarme des scooters, des voitures, des bus.

Pendant que le chauffeur met son sac dans le coffre, Jean-Charles revient vers moi :

– Je vais y aller Caroline... À bientôt !

– À bientôt...

Je regarde du côté du chauffeur. L'homme est déjà retourné derrière son volant et il n'attend plus que son client veuille bien monter dans son taxi. Personnellement, c'est tout ce que je demande. J'ai hâte d'être seule, de prendre le bus et de retourner dans la grande maison.

Mais Jean-Charles ne part pas. Il me sourit même plus intensément que jamais :

– Caroline...

Il a prononcé mon prénom avec une infinie douceur. J'ai l'impression d'avoir reçu un coup dans l'estomac.

– Je ne sais pas trop comment te dire ça... J'espère que tu vas bien le prendre...

Je regarde les cheveux de Jean-Charles flotter dans le vent. À ma place, n'importe quelle fille normale serait déjà au bord de la syncope amoureuse. Moi, j'ai un haut-le-cœur.

– Enfin, voilà... Je me suis permis de parler de toi à Schneider... Oh, il te connaissait déjà ! Il n'a pas oublié cette fille qui l'a snobé, le soir de son concert. Tu aurais voulu te faire remarquer que tu ne t'y serais pas prise autrement... Enfin bref, il est prêt à écouter un enregistrement... Pour éventuellement t'accepter en stage, ou même dans sa classe, si ça marche entre vous. Et si, bien sûr, tu souhaites t'installer à Genève...

Jean-Charles semble voir le vide dans mon esprit. La stupeur absolue. Alors, il parle avec encore plus de gentillesse. En pesant chaque mot.

– Tu sais, je le connais bien, et il a vraiment été très attentif à ce que je lui racontais sur toi... Ta sensibilité... Tes fragilités... Ton espèce de hargne, aussi ! Il a peu de temps pour enseigner, et c'est à des gens comme toi qu'il veut le consacrer. À mon avis, tu as toutes tes chances... Enfin, voilà, c'est ce que je tenais à te dire avant de partir. Désolé de t'annoncer ça ici, sur ce trottoir. Je sais combien tu tiens à Chaland, et c'est la raison pour laquelle j'ai hésité... Mais je t'assure que ça vaut vraiment le coup... Ne serait-ce que pour le stage ! C'est génial. Ça se passe en Italie, au bord de la mer. C'est la fête tous les soirs... Franchement, je te conseille de le faire. Ça t'ouvrira des horizons. Tu feras plein de rencontres...

Comme je me détends enfin, Jean-Charles conclut :

– Bien. Il va falloir que j'y aille. L'avion ne va pas m'attendre… Réfléchis à tout ça. Mais quand même pas trop longtemps. Ce serait bien que Paul ait quelque chose à se mettre rapidement sous la dent…

Il m'embrasse sur les joues. Rien que les joues.

– À la semaine prochaine !

Il monte dans son taxi. Le chauffeur, qui commençait à s'impatienter, démarre aussitôt. À travers la vitre, Jean-Charles me fait un dernier salut. Je suis la voiture des yeux. Je la regarde disparaître dans la circulation. Je me retrouve seule sur la place, au milieu des passants.

Sonnée, commençant tout juste à réaliser ce qui vient de m'être proposé, je marche vers mon arrêt de bus. En me moquant de moi-même. Quelle idiote ! J'ai vraiment cru qu'il allait m'embrasser. À croire que j'en avais envie.

19

Je referme la porte derrière nous. Voilà, nous sommes seules dans la salle du Maître.

Je n'en mène pas large. C'est sans doute pour ça que je m'active... J'ouvre le piano. Je rapporte le deuxième tabouret. Je m'assois à ma place. C'est-à-dire à droite, dans les aiguës. Puisque c'est cette partie que m'a confiée le Maître, certainement pour me signifier que je vais devoir mener le débat, tirer ce quatre mains vers l'avant. Bref, jouer mon rôle d'aînée...

Irina s'installe à son tour. À gauche, donc. Dans les basses. Et elle attend, sagement, bien droite.

En jetant un petit coup d'œil inquiet sur ses avant-bras musclés, ses mains larges, j'ouvre la partition :

– Tu as tout travaillé ?

– Oui...

Question idiote. Évidemment qu'elle a tout travaillé ! Pourquoi est-ce que je lui demande ça ?

– Bon, je propose qu'on enchaîne. Sans les reprises. Pas trop vite, dans un premier temps. D'accord ?

– D'accold...

Je sens que, si j'avais dit « on joue au tempo indiqué », elle aurait répondu « d'accold ». Et « d'accold » aussi pour jouer encore plus vite. C'est ça qui est terrible.

– Alors, on y va...

À ma grande surprise – quoique, au fond, je m'y attendais de la part d'une fille aussi discrète –, le départ est très bon. Irina épouse parfaitement ma respiration. Elle fait tomber ses doigts en même temps que les miens sur le clavier. Avec juste ce qu'il faut d'attaque et de retenue.

La suite n'est vraiment pas mal. J'imaginais que j'allais devoir la calmer un peu. Mais, non. Elle ne cherche pas à me couvrir. Elle a intégré que je suis à la mélodie, et elle me porte avec humilité. Je n'ai pas à me battre pour exister. Je peux utiliser toute mon énergie pour briller, en plus de celle qu'elle m'offre... Elle joue sa partie sans s'installer sur les touches, en y restant le moins longtemps possible. Dès qu'elle a fini d'utiliser un espace sur le clavier, elle me le rend, pour que je sois à l'aise... Évidemment, c'est très appréciable. Et en même temps gênant. Par moments, j'ai l'impression d'avoir une petite servante.

Nous arrivons au bout. Pas de problème majeur. De mon côté, c'est même assez irréprochable – j'avoue que, hier, j'ai bossé comme une folle, pour ne pas être ridicule ce midi.

Irina demeure silencieuse. Elle attend mon avis.

– Bon. Ça me paraît bien... Tu en penses quoi ?

– Tu fais des choses belles. J'aime...

« Je fais des choses belles. » Qu'est-ce que ça veut dire ? Que, entre les « choses belles », ça n'est pas joli-joli ? Restons calme.

– Bon, on rejoue l'ensemble au tempo, pour voir ce que ça donne ?

De nouveau, le départ est impeccable, et à la bonne vitesse. J'écoute attentivement ce que nous faisons. Je trouve que c'est excellent. Tout est là, ou presque. Le Maître aura sûrement des remarques à nous faire – il en trouve toujours ! Mais, pour le moment, ça me convient. Nous avons toutes les deux réfléchi au morceau, et à chaque virage, à chaque changement, nous tombons d'accord.

Je n'ai jamais ressenti une telle communion dans un quatre mains. Même avec le Maître, toujours un peu écrasant, malgré son humilité maladive... Et je reconnais qu'il a eu raison de nous mettre ensemble. Il ne s'est pas trompé. Nous étions faites l'une pour l'autre... Bref, une fois de plus, il m'épate !

À la fin du morceau, absolument ébahie par la beauté de ce que nous venons de jouer, je reste muette quelques instants. Irina finit par me demander :

– Ça va ? Tu es contente ?

– Oui... C'est bien.

Je feuillette la partition. Je commente pour commenter. Je propose de travailler quelques endroits où nos doigts étaient légèrement décalés. Mais c'est pour la forme. Tout est déjà au point. Je n'en reviens pas.

Ensuite, je suggère de filer le morceau une troisième fois, en faisant la reprise du début. Elle est d'accord. Alors je respire. Et nous nous élançons.

Cette version est encore plus puissante que la précédente. Mais le tempo est trop rapide. Dans mon enthousiasme, je me suis un peu laissée aller. Ça ressemble plus à du sport qu'à de la musique. On a l'impression de faire une course d'obstacles. Mieux vaut tout arrêter et recommencer à un tempo plus raisonnable.

Or, au moment où je suis sur le point de m'interrompre et de m'excuser pour ce faux départ, je me rends compte que je ne vais rien en faire. Je poursuis sur ma lancée... Je pensais avoir changé, je pensais être devenue un peu plus intelligente. Et je constate que ce n'est pas le cas... Oui, comme la sale petite garce de conservatoire, que je suis toujours, je jubile parce que, à côté de moi, celle que je croyais si forte est en train de décrocher, de se planter...

Et j'ai beau savoir que c'est puéril, méprisable, je continue de jouer. Je tiens même le tempo sans faiblir.

Pour Irina, ça tourne au calvaire. Elle multiplie les fausses notes... Impitoyable, je ne lâche rien. Je descends tous mes traits avec virtuosité. Je l'oblige à s'accrocher derrière moi. Je la traîne comme un paquet jusqu'à la dernière mesure.

Quand je donne le signal de couper la résonance du dernier accord, Irina retire ses doigts du clavier comme si elle ne méritait pas de le toucher, comme si elle venait de le salir. Je la regarde en coin. Je vois qu'elle a les larmes aux yeux.

Sur un ton charitable, encore plus infâme que tout le reste, je lui demande :

– Tu veux qu'on reprenne moins vite ?

– Je veux bien, oui...

Je la laisse essuyer discrètement ses larmes, et je rouvre la partition au début.

Tout en cherchant le bon tempo dans ma tête, je promène mon regard sur les murs sombres de la salle du

Maître… Ces derniers jours, je me suis imaginée loin d'ici, dans une autre salle de piano avec Paul Schneider. J'ai même failli demander à Maud de me prêter son enregistreur. J'ai failli lui parler de la proposition de Jean-Charles. Je crois que j'ai bien fait de ne pas me vanter. Je suis de moins en moins sûre que Schneider ait du temps à perdre avec une fille comme moi.

20

– Promis Caroline ? On rejoue ensemble ?

– Pourquoi pas...

– OK. On en reparle à la rentrée...

– Plutôt en février, après mon audition.

– Comme tu veux. Allez, je t'embête pas plus longtemps et encore bravo !

Bertrand m'embrasse, comme s'il tenait entre ses mains la pianiste dont il pourra dire, dans quelques années : « Caroline ? Ah oui, je la connais très bien ! C'est une grande copine ! On a longtemps fait de la sonate tous les deux, avant qu'elle rentre au CNSM... »

Pour être bien sûr de ne pas me froisser, il se tourne vers mes parents, très cordial :

– Au revoir, monsieur. Au revoir, madame...

Puis vers Kévin, qui se tient à côté de moi, en retrait :

– Au revoir...

Après une dernière courbette, il nous laisse enfin. Alors, profitant du fait qu'aucun nouvel admirateur ne se profile pour l'instant à l'horizon, je propose à mes parents :

– On y va ?

Mon père ne semble pas contre. Loin de là. Je vois bien qu'il pense à la route qu'ils ont encore à faire. Maman me demande tout de même :

– Tu ne vas pas saluer ton professeur ?

– Non.

Elle semble étonnée. Mais c'est comme ça. Je n'ai pas envie d'aller déranger le Maître, qui discute avec des parents d'élèves là-bas...

La première raison, c'est que je sais ce qui va se passer, si je vais lui parler. Il ne va pas me féliciter. À la limite, il va me demander, avec un peu d'ironie, si je suis contente. Et puis ce sera tout. Parce que, ce quatre mains que nous venons de jouer Irina et moi, ce quatre mains qui était à des kilomètres au-dessus des autres et qui, il y a quelques minutes, sur la scène, nous a valu des bravos à n'en plus finir, eh bien, justement, ça n'était qu'un quatre mains... C'est-à-dire une récréation musicale, avec la partition sous le nez et quelqu'un assis à côté pour boucher les trous en cas de problème... Bref, ce n'était pas vraiment du piano. En tout cas, ça n'a rien à voir avec ce qui m'attend après les vacances de Noël. La course pour l'audition de février. Les six semaines de préparation. Avec, au bout, les vingt minutes de musique à jouer par cœur. La solitude sur scène. Les autres, en coulisses, impatients d'assister à la chute. Et le trac, le vrai trac. Pas l'excitante petite angoisse qui fait aller de l'avant. Non, la peur panique. Les tremblements qu'on soigne aux bêtabloquants. Et les doutes qui persistent. Le trou de mémoire qui menace, prêt à s'ouvrir à n'importe quel endroit du morceau, comme un piège... Alors, oui, au lieu de penser à tout ça, je préfère partir.

Mais, en fait, si je suis aussi pressée de m'en aller, c'est avant tout à cause de Kévin.

Il n'en peut plus... Oh, il ne regrette pas d'être venu ! D'une certaine manière, il est assez fier. Si mes parents sont là, c'est grâce à lui. C'est lui qui les a traînés jusqu'ici. Il voulait leur montrer que j'ai raison de passer mes week-ends dans la maison de cette « dame ». Loin d'eux. Loin de lui...

Oui, Kévin est heureux et fier. Et il me le montre. Mais, en lui, je vois bien que tout est en train de s'écrouler... Il n'est pas idiot. Il sait que, le dimanche midi, quand je quitte précipitamment la table pour aller attraper mon bus, ce n'est pas seulement à cause du piano. J'ai vu sa tristesse, l'autre jour, quand ma sœur nous a annoncé qu'elle attendait un bébé... Et, moi, je n'ai rien trouvé de mieux à faire que de baisser les yeux.

Alors, comme je suis incapable de lui parler, je vais au moins abréger la torture.

Je salue de loin la fille qui nous a tourné les pages. Elle me renvoie un sourire craintif. Soumis. Un peu déprimant...

De loin, également, je fais coucou à Irina. Personne n'est venu la féliciter. Elle se tient à l'écart, entre ses parents, aussi timide que sur scène, tout à l'heure. Quand elle m'a laissée recueillir tous les bravos. Comme si elle n'avait rien fait. Comme si ce n'était pas elle qui avait insufflé cette simplicité dans notre jeu et qui m'avait portée si haut dans la lumière... Un instant, je songe à aller la remercier, puis je me dégonfle. Tout ce que je veux, c'est sortir d'ici.

Je me tourne vers Maud, assise dans un fauteuil et qui attend, discrète, heureuse d'être venue m'écouter, je crois. Heureuse que notre amitié, peu à peu, semble vouloir reprendre une tournure normale. Même si nous sommes encore loin du compte. Bien loin de nos vieilles discussions... Mais elle va mieux. C'est le principal. Elle semble oublier Jean-Charles. Nous allons peut-être pouvoir prononcer de nouveau son nom. Et j'espère pouvoir la réconforter un peu en lui révélant que, moi-même, je ne le vois pratiquement plus... Le mercredi soir, quand il arrive de l'aéroport, et que je pars prendre mon bus, je ne fais que le croiser. Parfois, je ne suis même plus dans la maison. Je laisse un mot d'excuses sur le piano. Oui, je suis certaine qu'elle se réjouira d'apprendre cela. Nous allons redevenir les grandes amies d'avant le cataclysme... Et déjà, nous retrouvons les vieux réflexes : je n'ai même pas besoin de lui faire un signe, elle se lève dès que nos regards se croisent, et nous rejoint.

Nous retournons à la voiture. Je m'installe à l'arrière, entre Maud et Kévin. Kévin est parfait. Il se blottit contre la portière. À aucun moment sa cuisse ne vient toucher la mienne.

Lorsque nous arrivons devant l'immeuble de Maud, maman me dit :

– Tu te couches pas tard, hein ! Faites pas la foire toute la nuit !

– Promis.

Mon père ne prononce pas un mot. À part le « au revoir » réglementaire.

Kévin a encore la force de sourire. De faire comme s'il ne venait pas de regarder défiler les rues du centre-ville avec l'envie de se jeter en marche. Et surtout, pour ne pas me mettre mal à l'aise devant mes parents, il se redresse et vient lui-même poser sur mes lèvres ce petit baiser diplomatique que je n'ai même pas le courage de lui donner...

Maud m'attend dans le hall de son immeuble. Elle tient la porte. Elle me regarde agiter la main en direction de la voiture qui s'éloigne... Lorsque je la rejoins, elle n'ose pas soutenir mon regard. Je crois que c'est à mon tour de lui inspirer pitié.

21

– Tu vas t'y mettre, alors ?

– Oui, oui...

– Dans ce cas, presse-toi, parce que, pour le stage, c'est bientôt bouclé ! Il a beaucoup de demandes, tu sais !

– J'imagine...

Je baisse les yeux vers le sol brillant de l'aéroport. Je sens que Jean-Charles m'observe. Jean-Charles qui rayonne comme un grand soleil, en ce début d'année glacial... Et il a de quoi être heureux : il vient de passer les deux premiers tours du concours de Paris, haut la main. Il a déjà été remarqué par les grands profs du CNSM. Exactement ceux chez qui il voulait entrer. Il n'aura que l'embarras du choix. Bref, il est presque au paradis.

– Tu pourrais peut-être lui enregistrer ton programme d'audition, par exemple... Il est prêt ?

– Quasiment.

– Eh bah, voilà ! Parfait ! Envoie-lui ça. Même si tu n'enregistres que dix minutes, ça lui suffit... Essaie de trouver un peu de temps pour ça. D'accord ?

– D'accord...

Je hoche la tête, docilement. Tout en gardant les yeux fixés sur le sol archipropre. Nettoyé par quelqu'un comme ma mère. Quelqu'un qui doit avoir les mains bouffées par les produits d'entretien. Et qui, comme ma mère, doit travailler autant qu'elle peut pour que celles de sa fille restent blanches...

Dans le taxi, ça n'allait pas fort. Mais alors là, je ne me sens vraiment plus à ma place... Qu'est-ce que je fais ici, au milieu de tous ces types en cravates, avec leurs attachés-cases ? Au milieu de tous ces touristes qui partent en voyage ?

Je devrais être sur mon piano depuis midi. Je n'aurais jamais dû accepter cette nouvelle invitation au restaurant. Et encore moins de venir jusqu'ici... Tout ça parce que, au téléphone, hier soir, Jean-Charles semblait tellement désireux de savoir « où j'en étais ». Et que tout à l'heure, à la station de taxis, j'ai flanché quand il m'a dévisagée. Il m'a demandé si ça allait « vraiment ». Je n'ai pas eu le cran de dire oui. Et voilà le résultat. Je suis dans un hall d'aéroport où je n'ai rien à faire. Et où j'offre le spectacle désolant de ma nullité...

Mais je ne vais pas retenir Jean-Charles plus longtemps. Je vais être forte, pour une fois. Je regarde en direction du portillon, où presque tous les passagers sont déjà passés :

– Allez... Ils vont finir par décoller sans toi.

Jean-Charles jette un œil par là-bas lui aussi. Mais, il ne se presse pas. Il prend encore le temps de m'examiner :

– Bon courage pour ton audition.

– Tu parles ! À côté de ce qui t'attend, c'est du pipi de chat...

– Ne dis pas ça, Caroline. Aucune prestation musicale n'est méprisable. Chaque public, quel qu'il soit, mérite qu'on donne le meilleur de soi. Si un jour tu entres dans la classe de Schneider, c'est la première chose qu'il t'enseignera : jouer pour tout le monde...

Pour la première fois de la journée, il est sérieux, extrêmement sérieux. Mais ça ne dure pas. Son air ironique revient aussitôt.

– Allez, à dans deux semaines ! Essaie de ne pas te noyer dans le Steinway...

Il me quitte. Il me laisse seule derrière lui. Et moi, comme une idiote, je ne pars pas tout de suite ! Je le regarde plaisanter avec les douaniers, vider tranquillement ses poches sous le détecteur à métaux... Quelle assurance ! Quelle supériorité ! Bien sûr que le monde est taillé pour des gens comme lui ! Bien sûr qu'il va être pris à Paris ! De toute façon, Lyon n'était pas assez prestigieux pour lui. Je suppose que c'est pour ça qu'il a échoué là-bas. D'ailleurs, il ne s'en est peut-être même pas rendu compte ! Il n'est pas de ceux qui « méprisent la moindre prestation musicale », et il est certainement sincère quand il dit ça... Mais voilà, il devait sentir que sa vraie place est à Paris.

Jean-Charles me fait un dernier signe. Il serre le poing vers moi, du genre « allez, tiens bon ». Je fais un mouvement de la tête évasif, plutôt vers le bas. Un geste de perdante... Alors, il me fixe avec l'air de me dire que, décidément, je suis incorrigible. Et il m'envoie un long sourire. C'est seulement lorsqu'il arrive à faire revenir un rictus sur mes lèvres qu'il se permet de disparaître...

Pendant quelques secondes, j'ai envie de ne pas utiliser l'argent qu'il m'a donné pour le taxi... J'ai envie de prendre le bus. Et même de rentrer carrément chez moi. De retrouver mon petit piano, qui s'empoussière. D'aller voir mon père, qui déprime, tout seul à la maison. J'ai envie d'aller chez ma sœur. De toucher son ventre, qui commence à s'arrondir. De sentir bouger ce bébé qui va agrandir notre famille... J'ai envie d'aller trouver Kévin, enfin. Un mois qu'il n'a pas eu le droit de me voir, à cause de cette satanée audition qui m'accapare... Il faut que la comédie s'arrête, maintenant. Il faut que je lui présente mes excuses pour mon silence. Il doit partir lui aussi. Sans se retourner... La dernière fois que nous avons discuté tous les deux, il m'a parlé du stage. Il était encore prêt à m'avancer de l'argent, pour aider mes parents... C'était atroce, je n'ai pas su quoi lui répondre. Aujourd'hui, je sais ce que je lui dirai. Je lui annoncerai calmement que ce n'est plus la peine qu'il se soucie de moi. De toute façon, cette année, vu les finances de mes parents, je crains qu'il n'y ait pas de stage du tout. Alors, il pourra me quitter sans aucun regret... Voilà ce qui me passe par la tête tandis que je marche vers la sortie, dans la douce chaleur de l'aéroport.

Mais je me retrouve bientôt dehors, face aux grosses voitures confortables qui attendent devant les portes, à la queue leu leu...

Debout dans le vent glacial, je contemple le bus qui est garé un peu plus loin. Je reste comme ça quelques secondes. Bêtement.

Et puis, vérifiant que le billet de Jean-Charles est bien au fond ma poche, et comprenant déjà que je n'aurai même pas le courage d'écrire une simple lettre de rupture à Kévin, je me dirige vers le premier taxi de la file, en murmurant :

– Pauvre conne...

Le voyage dure un quart d'heure. Un quart d'heure de solitude et de honte. Comme une star qui débarque de l'avion et qui se rend sur le lieu de son concert, je roule à toute vitesse sur les voies rapides, sur les boulevards... Sauf qu'aucun public ne m'attend. J'ai seulement la sensation de filer droit vers l'échec.

Quand il me dépose devant le grand portail noir, le chauffeur m'a à peine annoncé le prix que je lui tends déjà le billet, en disant :

– Gardez-tout...

Jean-Charles m'a fait comprendre qu'il ne souhaitait pas récupérer la monnaie, sous-entendant que je pouvais me payer quelques partitions avec le reste. Or, je ne veux rien de lui. Plus rien. Et surtout pas d'argent.

Le chauffeur m'interroge du regard, pour me demander si j'ai conscience du pourboire que je lui laisse. Mais je suis déjà dehors, et il a juste le temps de me lancer :

– Au revoir, mademoiselle !

Je claque la portière. La clé à la main, je me précipite vers la maison.

Lorsque j'arrive dans l'entrée, je tremble tellement que, avant de faire le code, je suis obligée de m'asseoir quelques instants sur les marches de l'escalier.

Les fesses posées sur la pierre froide, je tourne les yeux vers la porte du salon. À travers les petits carreaux, j'observe le Steinway...

Alors je remarque ce qui est posé sur le clavier.

Je me lève aussitôt. Déjà en colère. Et, aussi, réconfortée d'avoir enfin trouvé un peu de lâcheté chez Jean-

Charles… Dans mon élan, je manque d'ouvrir la porte directement, de faire hurler la sirène. Au dernier moment, je retiens ma main. Et le nez collé aux carreaux, j'admire le spectacle.

Sur le clavier, un petit cadeau m'attend. Tout petit. Un cube minuscule. Qui tient sur deux touches. *Si* et *do*, exactement.

Pas besoin d'être une grande prêtresse pour deviner ce qu'il y a dans un joli paquet comme ça. Quand on est une « demoiselle ».

22

Palpitations du cœur. Jusque dans le crâne. Jusqu'à l'intérieur des yeux. Punition de la drogue. Punition pour rien... Avec, en prime, un bon mal de bide qui s'annonce. Encore une fois, mes gentilles règles ont attendu que je passe mon épreuve pour pointer le bout de leur nez. Et me donner le coup de grâce.

À côté de moi, maman conduit sans rien dire, déçue, mais peut-être encore plus soulagée. Elle espère sans doute que j'ai franchi le dernier stade de l'horreur et qu'après ça je vais arrêter de me faire du mal.

Je ne m'étais encore jamais plantée à un tel point.

Le trou. L'arrêt total. Le silence dans la salle. Silence goguenard. Silence étonné... Ah, ce n'est pas tous les jours qu'on voit une élève se lever en plein morceau, saluer et retourner vers les coulisses ! Si jamais je finis par triompher un jour sur la scène d'une grande salle de concert, si un jour je sens que le succès est près de me tourner la tête, je n'aurai qu'à penser à cet instant. Ça me refroidira les idées...

Même Maud n'a pas su quoi me dire pour me remonter le moral. Ce n'est pas qu'elle n'ait pas été présente. Au contraire. J'étais à peine sortie de scène, je quittais tout juste les loges qu'elle a surgi à l'autre bout du couloir. Elle a couru jusqu'à moi pour me prendre par le bras et me ramener dans le hall vide, où maman nous attendait... Mais ça a été tout. Quand nous l'avons déposée devant son immeuble et que je suis descendue pour lui faire la bise, elle a seulement réussi à me dire : « Faudrait qu'on prenne un petit moment, pour discuter toutes les deux... » Rien de plus. Après ça, elle m'a serrée contre elle, comme on embrasse une grande malade. Une malade qui est condamnée.

Par moments, en repensant à Irina, je me sens moins seule. Parce qu'elle aussi s'est battue contre le piano (Fargeolles a dû passer une excellente soirée !). Oui, comme les miens, ses doigts ont dérapé. Elle a même eu un léger trou de mémoire... Et cette fois, ce n'est pas ma faute, puisque j'étais dans les loges, j'attendais mon tour. Ce qu'elle a joué était très sensible, très ressenti, et je me dis que nous faisons sans doute partie de la même famille : les grandes fragiles. Mais plus j'y songe, moins ça me console. Avant tout, c'est inquiétant pour elle...

Pour la dernière fois du trajet, maman enclenche le clignotant. Nous tournons dans notre rue. Je regarde les maisons passer les unes après les autres.

Dans la nôtre, tout est éteint. Mon père est déjà couché... Parce qu'il se lève de bonne heure demain matin. Oui, lui au moins, il est en train de s'en sortir. Il a retrouvé un boulot. Rien à voir avec ce qu'il faisait avant. Mais, bon, il s'adapte. Trois mois à l'essai. Et ensuite, il aura un vrai contrat... Bref, sa reconversion, il l'a faite. Et il est peut-être temps que je pense à la mienne.

Dès que la voiture s'immobilise, je descends. Je vais ouvrir le portail, puis le garage. Tandis que le froid s'engouffre sous ma robe de concert, je referme derrière maman. J'ai les pieds gelés dans mes chaussures de fausse grande dame.

Dans la cuisine, je bois un verre d'eau, sans penser à rien. Maman va directement ranger ses affaires dans l'entrée. En repassant devant la porte, elle me dit, d'une voix fatiguée :

– Bonne nuit...

Et elle me laisse seule, sous la lumière blafarde de l'ampoule basse consommation qui n'a pas encore eu le temps de chauffer.

23

Je ne me suis pas déshabillée. Je suis encore dans ma robe, au bord de mon lit. Je ne déprime pas. Au contraire, je me sens tellement prête à arrêter le piano que j'en éprouve une espèce de soulagement. Même mon ventre me fait un peu moins mal...

Entre mes doigts : la bague. Brillante comme le sourire de Jean-Charles. Offerte sans un mot, sans même un « je t'aime » griffonné sur un bout de papier. Simplement de l'or. Quasiment jetée à la figure...

Je ne l'ai toujours pas essayée. J'ai même failli la jeter à la poubelle.

Mais j'ai réfléchi. Oui, si j'avais fait un peu plus attention aux autres ces derniers temps, si je ne m'étais pas refermée sur moi-même, ça ne serait pas arrivé. Jean-Charles aurait trouvé le courage de m'avouer son amour. Plutôt que de me raconter des histoires sur mon talent ou sur mon avenir avec Schneider... J'aurais pu lui dire que, pour moi, il était seulement un ami. Et nous n'en serions pas là. Lui dans son coin, incapable de m'appeler depuis deux semaines. Moi, dans le mien, rongée par mon secret, n'osant même pas me confier à Maud, tellement j'ai honte de n'avoir rien vu ! Honte d'avoir refusé de voir ce qu'elle avait compris depuis le début...

Mais, voilà, je ne suis qu'une sale égoïste. Depuis que j'ai mon Steinway, plus rien n'a d'importance. J'ai oublié tout le monde. Les autres n'existent plus. Alors, oui, finalement, je mérite ce qui m'arrive ce soir. Tout me revient en pleine face. La vérité sur mon caractère, la vérité sur mon talent...

Je tourne la bague dans tous les sens. Elle est belle. Très élégante, très discrète. Une élégance et une discrétion à l'image de celui qui me l'a offerte. Et dire que je m'apprête à refuser tant de délicatesse ! Je dois être folle...

Dans mon ventre, la douleur recommence à me lancer. Il va falloir que je m'allonge. J'attrape l'écrin sur la table de nuit, je replace la bague à l'intérieur, et je m'apprête à la remettre dans sa cachette au fond de mon placard... Mais, avant de refermer l'écrin, je la contemple de nouveau. Cette si jolie bague. Ce cher petit objet qui m'a ouvert les yeux sur moi-même. Après tout, tant qu'à être folle, pourquoi ne pas l'être jusqu'au bout ? Sans réfléchir davantage, je reprends la bague. Je passe son petit cercle froid autour de mon doigt. Puis, le ventre scié en deux, je me lève. Je vais me planter devant mon miroir.

Je la vois enfin, l'heureuse élue. La folle que Jean-Charles désire. La folle dans sa robe noire...

Je m'examine. Je me détaille. J'observe mes chaussures à talons. Mes jambes gainées dans leurs collants. Mes bras nus. Mon décolleté... Mon visage, d'où mon sourire narquois disparaît.

Je finis par poser ma main sur mon ventre. En voyant la bague briller sur le velours noir, je ne peux pas m'empêcher d'imaginer ma robe toute blanche...

Est-ce que c'est ça, mon destin ? Épouser un homme riche, comme ma sœur... Ce serait tellement simple, après tout. Devenir madame Jean-Charles... Ne pas avoir besoin de gagner ma vie... Pianoter toute la journée, à volonté... Me donner l'impression que je suis une artiste, moi aussi... Une grande artiste, comme mon cher mari, dont je serais si fière... Assister à tous ses concerts, être là dans les loges, à côté de lui... Le suivre partout... Voir ses admiratrices m'envier de vivre avec un tel génie... Et puis, moi aussi jouer un peu, de temps en temps, pour les amis... Me faire applaudir poliment... M'entendre dire : « Très chère, vous interprétez Chopin d'une manière délicieuse, tellement fine, tellement sensible, comme seule une femme peut le faire... »

Au fond de mon sac, mon téléphone s'est mis à sonner. J'arrache la bague, la range en vitesse, puis plonge la main dans mon sac.

J'aurais presque voulu que ce soit Kévin. J'étais prête à pleurer. J'entendais déjà son scooter arriver en urgence au bout de la rue...

Sur l'écran de mon portable, le prénom Jean-Charles est affiché... J'ai envie de le laisser seul avec la boîte vocale. Mais je n'ose pas éteindre. Je suis assez touchée. Je ne m'attendais pas à ce qu'il vienne aussi rapidement aux nouvelles. On dirait qu'il a senti mon malheur, comme par télépathie.

J'ai à peine décroché que j'entends :

– Comment ça va ?

Le ton est grave, attentionné. Plus déstabilisant que jamais.

– Pas très bien... Je me suis plantée... Je suis carrément sortie de scène...

Silence à l'autre bout. Jean-Charles ne semble pas étonné. Et il n'y a pas d'explication magique à ça. Il suffisait de m'observer pour comprendre que j'étais mal partie. Il suffisait de s'intéresser à moi...

J'ai de plus en plus mal au ventre. Je me rassois au bord du lit, essayant de sourire. Alors, je lui demande à mon tour :

– Bon, et toi ? Ça y est ? Ils vous ont donné les résultats ?

– Oui. Avant-hier...

– Et ?

– Je suis pris.

Je voudrais avoir une réaction enthousiaste. J'ai envie de dire à Jean-Charles toute la joie que je ressens. Lui admis au CNSM de Paris, c'est tellement normal ! Et ce n'est que le début d'une grande carrière !

Mais je ne peux pas parler. Je ne peux même plus respirer. J'ai l'impression qu'une lame vient de s'enfoncer dans mon ventre, jusqu'aux reins. Et qu'elle est en train de remonter vers mon cœur...

– En tout cas, j'espère que tu n'es pas en train de songer à arrêter le piano... Parce que, si jamais c'est ce que tu as en tête, permets-moi de te dire que ce serait une très mauvaise idée...

Je décolle le téléphone de mon oreille. La voix de Jean-Charles devient un minuscule chuintement. Et, tout en me recroquevillant sur mon lit, avec mon sourire de folle, j'appuie sur la touche « raccrocher ».

24

– Bon. Tu vas te reprendre ? Tu me le promets ?

– Oui, monsieur...

– Alors, je te souhaite une bonne semaine. Malgré tout...

Je range ma partition, qui n'a pas servi, puisque le Maître a passé le cours à faire le « bilan » avec moi. Il m'a parlé de mes points forts qui doivent me donner confiance. Il a failli prononcer le mot « talent ». Si, si, j'ai vu ! Il s'est retenu de justesse... Il a insisté sur mes points faibles aussi. Il m'a donné des conseils pour renforcer ma mémoire. Je dois absolument étudier les partitions « à la table », c'est-à-dire sans piano, avec seulement un crayon à la main. Analyser, comprendre la structure des morceaux qu'on me demande de jouer, pour l'intégrer plus rapidement. D'après lui, c'est « urgentissime »... Docile, j'ai promis d'essayer. Et maintenant je suis contente de mettre mon manteau, de prendre mon sac. Je n'ai qu'une hâte : aller pleurer une fois de plus dans les toilettes.

J'ouvre la porte à l'élève suivant. M. Chaland lui a demandé de rester dehors... Le gars est là. Amusé. Narquois. Évidemment, je fais beaucoup moins peur tout à coup. Et il a raison de me regarder comme ça, à son tour, avec ce mépris apitoyé. Qu'il se défoule ! Qu'il prenne sa revanche ! Au point où j'en suis, ça ne me touche plus. Tout ce que je veux, c'est atteindre les toilettes...

Dans le couloir, je file, en fixant le sol obstinément. Mais, en arrivant sur le palier, je suis bien obligée de voir cette silhouette, près des fauteuils... Un instant, je crois que c'est Kévin qui m'attend, et mes larmes sont sur le point de jaillir.

Face au grand sourire radieux qu'ils découvrent, mes yeux restent totalement secs...

25

Le serveur s'approche de notre table, le regard plein de sous-entendus :

– Et pour ces messieurs-dames, ce sera ?

Très amusé, Jean-Charles propose :

– Un thé ?

– Oui...

– Deux thés, s'il vous plaît.

Le serveur s'en va. J'essaie de reprendre mes esprits, de paraître à l'aise.

– Je ne t'ai pas félicité pour Paris. Bravo...

– Merci.

– Tu te reposais un peu ?

– Oui, un petit peu.

Jean-Charles plisse les yeux. Je ne sais pas ce qui lui prend. Il voudrait m'énerver qu'il n'afficherait pas autre chose que ce petit air satisfait. L'avantage, c'est que ça me donne de l'élan pour aller droit au but.

– Je suppose que tu n'es pas là pour prendre un cours avec monsieur Chaland...

– Ce n'est pas prévu, en effet.

Face à son regard provocateur, je n'hésite plus. Et même, avec une facilité surprenante, je lui dis :

– C'est pour moi que tu as fait le voyage...

Jean-Charles reste muet, avec une espèce de malice.

Le serveur arrive avec son plateau. Je le regarde poser nos tasses, la théière, la coupelle avec la note. Quand il retourne vers le comptoir, je le suis encore des yeux.

Après ça, j'observe encore les tables autour de nous. Un peu plus loin, il y a tout un groupe d'élèves du conservatoire. Ils nous observent à la dérobée. J'imagine les ragots qui vont circuler dès demain... Peu importe. Je me suis rarement sentie aussi détachée de tout. Bertrand est parmi eux. Il se fait particulièrement discret. Maintenant que je me suis plantée, il n'est plus pressé de prendre rendez-vous avec moi. En le voyant éviter mon regard, j'ai presque envie d'aller vers lui avec mon agenda... Bien entendu, je le laisse tranquille.

Jean-Charles a déjà rempli nos tasses. Je le remercie poliment.

Et il répond : « Mais, je t'en prie... »

Toujours avec cet air de défi, Jean-Charles porte la

tasse à ses lèvres. Il ne tarde pas à la reposer, avec une grimace ravie.

– Il y a un problème ?

– Je crois que je n'ai jamais bu un thé aussi dégueulasse...

J'en prends une gorgée. C'est vrai, ce thé est immonde. On dirait une espèce de jus acide. On le sent glisser tout le long de l'œsophage. Je repose ma tasse, moi aussi.

De l'autre côté de la vitrine, les gens et les voitures passent. Un instant, je suis tentée de continuer à les observer, pour faire passer le temps. Mais en apercevant le conservatoire, de l'autre côté du boulevard, en regardant ces portes par où nous sommes sortis il y a quelques minutes, je me dis que c'est stupide. Autant en finir.

Je fais face à Jean-Charles. Il ne me fixe plus. Il semble contempler mes mains. Je n'en suis pas sûre, mais c'est ce qui me décide. Et, soudain, avec un courage que je n'aurais jamais imaginé avoir, je lui lance :

– Je ne l'ai pas mise...

Comme Jean-Charles ne semble pas comprendre, je lui montre mes doigts sans bague. Un instant, son visage s'assombrit. Puis, brusquement, son sourire revient, plus radieux que jamais ! Je dois faire un grand effort pour continuer à parler sans trop trembler :

– Écoute, Jean-Charles, je vais te la rendre. Je ne peux pas la garder... Je ne voudrais pas te donner de faux espoirs.

Jean-Charles ne paraît pas déçu de ce que je lui annonce. Pas déçu du tout ! Au contraire, il s'appuie contre le dossier de sa chaise, absolument hilare :

– J'en étais sûr !

Il répète, en hochant la tête, lentement, de gauche à droite :

– Je m'en doutais... Je m'en doutais !

Ces derniers jours, j'imaginais bien que notre prochaine rencontre serait bizarre. Mais, là, ça devient vraiment une histoire de dingues.

Le mieux pour moi, maintenant, ce serait sans doute de partir. Mais, je suis suffoquée. La seule chose que j'arrive à faire, c'est soulever ma tasse et avaler, à petites gorgées, tout le thé qu'elle contient...

Sans toucher au sien, Jean-Charles, très calme soudain, prend la note dans la coupelle et sort ses pièces, une à une. Avec un geste mécanique. Comme si quelque chose était enclenché. Une chose déjà décidée. Mûrement réfléchie. Et à laquelle je ne vais pas pouvoir échapper.

C'est tellement évident que je suis à peine étonnée de l'entendre me dire :

– Tu vas me suivre, Caroline. On va aller chez ma tante. Je suis garé à côté...

Il se penche vers moi, amusé de voir cette petite frayeur dans mes yeux :

– Ne t'inquiète pas. Ce n'est pas pour le plaisir...

26

– C'est bon. Tu peux sortir du salon...

Jean-Charles ne rit plus.

– Allez, joue le jeu ! Ici, c'est la scène. Tu arrives des coulisses.

J'obéis. Je ne sais plus trop pourquoi. Peut-être la joie d'être encore en vie. C'est sans doute idiot, pourtant je jure que, un instant, avant que Jean-Charles me dise ce qu'il attendait de moi, je me suis vue assassinée dans la grande maison. Baignant dans mon sang. Victime d'un crime passionnel. J'en frissonne encore.

– Ferme la porte derrière toi... Tu n'entres que quand je t'appelle.

Je m'enferme dans l'entrée.

Ça gargouille un peu dans mon estomac. Le thé ne passe pas. Je cherche de l'air pour chasser la nausée. Si j'osais, j'irais respirer dans le jardin... Mais, je ne bouge pas. J'attends.

Je suis incapable de dire combien de minutes ça dure, puisque j'ai enlevé ma montre. Je sais seulement que j'ai le temps de cogiter... Comment tout cela va-t-il se terminer ? Que se passera-t-il, lorsque j'aurai fini de jouer ? Est-ce que nous allons nous séparer sans plus d'explications ? Est-ce que je vais laisser Jean-Charles repartir comme ça, sans avoir un geste pour lui ? Il faudrait au moins que je le remercie chaleureusement, en ami, en simple ami... Il a tant fait pour moi. Et là encore, il est en train de m'aider. Comment y être insensible ?

D'ailleurs, tout à l'heure, lorsque nous sommes arrivés, une chose m'a beaucoup attendrie : la maison n'était pas fermée et l'alarme n'était pas branchée non plus. Je n'ai fait aucun commentaire, mais cette petite faiblesse m'a émue...

– Caroline, c'est à toi.

Je rouvre la porte. Je marche vers le piano. Dans son fauteuil, Jean-Charles applaudit. Je m'incline vers lui, comme il m'a demandé de faire, en évitant de trop appuyer sur mon estomac...

Je me redresse. Puis je me rapproche de la banquette.

Lorsque je m'assois, il se passe la même chose qu'il y a quelques jours, sous la lumière violente des projecteurs : mon regard plonge directement dans les entrailles du piano. Je vois tout ce métal, tout ce bois. Des centaines de kilos de matière morte que je suis censée faire vivre...

Je ferme les yeux. J'essaie de me concentrer. Si je pouvais, je resterais bien dans cette espèce de sommeil. Mais je repense à Jean-Charles. Au voyage qu'il a fait pour moi...

Par chance, j'ai les premières notes en tête. Elles veulent bien descendre dans mes mains, se poser sur les touches, se faufiler dans la mécanique, jusqu'aux marteaux. Rebondir sur les cordes. Et s'élancer dans la vaste pièce autour de nous.

Le début est bon. Très bon, en fait. Presque aussi bon que l'autre soir, devant le public du conservatoire, lorsque j'ai cru que le destin me rendait justice. Lorsque je me suis crue récompensée de mes efforts... Je donnais tout. Tout mon être. Je ne retenais rien. Je m'offrais. Mes couleurs étaient magnifiques. On aurait dit une grande sculpture sonore qui se déployait dans le silence absolu de l'auditorium... J'entendais ce silence. Je sentais la salle subjuguée. Mes doigts n'en dansaient que mieux sur le clavier. Mon pied valsait sur la pédale... Tout allait bien, oui... Si bien... Trop bien pour moi, sans doute... Je sens encore cette présence, au fond de moi... Je la sens choisir le passage où tout va se briser... Où ma belle sculpture va s'effondrer... D'un coup...

Et ce passage se rapproche. Oh, rien de très difficile, à vrai dire. Seulement un petit virage dans l'harmonie. Un léger virage, au bout de la ligne droite...

Voilà, plus que quelques mesures avant l'endroit fatal. Je me sens déjà partir de travers. Et impossible de lutter... Je revois la salle noire. J'entends de nouveau le silence gêné lorsque mes doigts ont commencé à se tromper de touche... Je revois le néant devant moi, qui retient les notes... Et ce vieux piano du conservatoire, impuissant.

Mes mains tremblent sur le clavier. Comme d'habitude, la gauche dérape la première. Elle perd de plus en plus de notes en route. Dans quelques instants, elle va dérailler, entraîner la main droite dans sa chute. Et ce sera le trou noir.

Sauf que je n'irai pas jusque-là. Je vais m'interrompre avant. Hors de question de m'écraser une deuxième fois contre le mur. Et, déjà, pour prévenir Jean-Charles de l'arrêt imminent de l'exercice, je tourne les yeux vers lui...

Je sursaute quand je vois qu'il est déjà debout, prêt à me crier dessus. Je n'ai pas le temps d'enlever mes doigts du clavier. Il hurle :

– La tonalité ! Appuie-toi sur tes basses ! Allez !

Mon corps est parcouru d'une énorme secousse.

Le pire, c'est que ça marche... Je ne sais pas ce qui s'est passé dans mon cerveau. Je n'ai pas lâché la mesure.

Je suis toujours là où il faut. Les doigts de ma main gauche appuient sur les bonnes touches. Ma main droite se rétablit immédiatement. La route se dégage d'un coup. La suite du morceau est là. Les notes reviennent, innocemment, comme si de rien n'était...

Et le plus sidérant, c'est que je fais de la belle musique ! De la très belle musique ! Mes attaques sont parfaites. Jamais je n'ai eu les mains aussi solides, les doigts aussi égaux, ni un tel legato. Les notes s'enchaînent comme si elles faisaient partie d'un même trait de crayon. Je dessine la musique dans un seul mouvement qui va de mon corps au piano. Nous faisons un bloc, lui et moi. Et un bloc, encore, avec Jean-Charles, mon public, de nouveau paisiblement assis dans son fauteuil...

Je devrais donc être heureuse. Infiniment heureuse.

Or, ça ne va pas du tout. J'ai eu très peur. J'ai cru que Jean-Charles allait me sauter dessus. J'en suis encore toute retournée... J'ai envie de vomir.

Je ne sais pas comment j'arrive au bout. Mais, je tiens. J'enchaîne mes deux morceaux.

Et à la fin du deuxième, quand je retire mes doigts du clavier et mon pied de la pédale, je me lève sans précipitation, mon salut est parfait. De même que mon départ de la « scène », sous les applaudissements de Jean-Charles :

– Bravo !

En passant la porte du salon, je trouve encore la force de courir jusqu'aux toilettes, où je m'effondre. Le thé sort d'un jet.

Je reste un long moment à contempler le jus noir au fond de la cuvette. Quand je me relève, j'ai les genoux défoncés.

Je me rince la bouche au lavabo, longuement, soigneusement.

Puis je retourne dans l'entrée, tremblante.

Jean-Charles est là, occupé à fermer son manteau. Il ne me regarde pas… J'examine son profil, sa chevelure sombre. Je ne peux pas m'empêcher de le trouver beau. Et cela me fait trembler encore plus.

– Je ne vais pas te déranger davantage, Caroline. Si tu veux m'appeler, n'hésite pas… Moi, je vais te laisser tranquille, avant que tu commences à me détester pour de bon.

Il sort un papier de sa poche.

– En attendant, voici l'adresse mail de Schneider. Avec son autorisation… Il est toujours prêt à écouter un fichier musique. Mais rassure-toi, c'est la dernière fois que j'insiste.

Il pose le papier sur la console, à côté du téléphone.

– En ce qui concerne la bague…

Jean-Charles noue son écharpe autour de son cou.

Il la serre. Comme pour s'étrangler. Comme pour empêcher son sourire de revenir sur ses lèvres.

– Je crois que nous avons été les pauvres victimes d'un garçon plus courageux que toi et moi réunis...

Je cligne des paupières plusieurs fois. Je m'appuie contre le mur, attendant la suite.

Jean-Charles se tait. Il lève les yeux. Des yeux où je découvre le véritable amour. Mais ce regard ne m'est pas destiné...

Alors c'est mon tour de mettre ma main devant ma bouche pour ne pas éclater de rire. J'ai soudain la preuve que je ne suis pas folle : avec sa grâce de danseuse, Maud descend les escaliers.

27

Je referme notre petit portail en plastique, puis j'avance sur le trottoir, bien emmitouflée dans mon écharpe. Ce n'est pas qu'il fasse très froid – l'hiver est presque fini... J'ai juste besoin de cacher ce sourire qui ne me quitte plus.

Au bout de la rue, la voiture des parents de Kévin m'attend, phares et moteur éteints... Kévin est derrière le volant, dans l'ombre. En approchant, j'aperçois son regard inquiet à travers le pare-brise. J'ouvre la portière avec le plus de douceur possible :

– Bonsoir.

Kévin est visiblement trop angoissé pour répondre. Il n'ose même pas me regarder. Quand je claque la portière, ses mains se crispent sur le volant.

J'essaie de détendre un peu l'atmosphère :

– Bravo pour ton permis.

– Merci…

– Ça fait combien de temps que tu l'as ?

– Trois semaines.

– Et ça va ? Tu es à l'aise ?

– Ça va.

– Tu ne comptes pas nous tuer ?

Kévin baisse la tête, avec un sourire crispé.

– Je te demande ça, parce que, maintenant, de la part d'un homme d'action comme toi, je m'attends à tout !

– Je vais essayer de faire attention…

– Dans ce cas, c'est parfait.

Je mets ma ceinture de sécurité. Kévin, prêt à tourner la clé de contact, me demande, toujours sans me regarder :

– Tu veux aller où ?

– Je ne sais pas. Essaie de nous trouver un coin tranquille.

Il réfléchit. Soudain, il semble avoir une idée. Aussitôt, le moteur démarre, la lumière des phares éclabousse la rue. Très prudemment, avant de s'engager sur la chaussée, Kévin vérifie qu'aucune voiture ne vient. C'est à ce moment-là, et seulement à ce moment-là, que son regard passe sur moi. Comme une caresse. Une dernière caresse…

Vu le chemin que nous empruntons, je me demande s'il ne compte pas aller se garer sur le parking du centre commercial, qui doit être désert à cette heure. Mais nous passons devant sans ralentir. Et en apercevant le vigile avec son chien, à côté de sa camionnette, je suis contente d'être la seule à avoir eu cette très mauvaise idée...

Dans un deuxième temps, j'ai l'impression que c'est sur le parking de notre ancien collège que nous allons nous arrêter. En souvenir de toutes ces récréations que nous avons passées ensemble, durant notre année de troisième. Lui, à m'écouter. Moi, à parler de musique. Ou à pleurer parfois. Parce que le piano commençait déjà à me faire souffrir.

Mais au rond-point qui est juste avant le collège, nous bifurquons, et nous quittons les rues éclairées de la commune.

Alors, tandis que nous nous enfonçons dans la campagne, je comprends où Kévin a décidé de m'emmener. Nous y sommes en un quart d'heure. Un quart d'heure de silence, pendant lequel je regarde défiler les haies et les champs, les hameaux endormis.

En arrivant devant l'entrée, Kévin met les phares en veilleuse. Puis, il s'engage lentement dans la longue allée bordée d'arbres qui mène au château, et tourne vers l'aire de stationnement. Il roule jusqu'au bord de la grande pelouse, face à l'étang. Là, il éteint tout.

Dans le silence, on n'entend plus que le souffle de nos respirations et les claquements du moteur qui refroidit. Nous regardons dehors, je suppose que nous revoyons la même scène, ce même parking l'été dernier, rempli de voitures. La même pelouse, pleine d'enfants qui couraient partout. Pleine de robes colorées. Avec celle de ma sœur, qui faisait une grande tache blanche... Kévin semble submergé par une telle bouffée de nostalgie que je n'ose pas sortir la bague.

– Tu as vu le piano, alors ?

– Ouais... Il est beau.

Kévin inspire profondément. Sur le ton le plus léger possible, je me moque un peu de lui :

– Tu ne pensais pas te retrouver dans la maison, comme ça ?

– Non, pas vraiment.

– En gros, ton plan, c'était de lâcher ta petite bombe, puis de t'en aller !

Kévin baisse les yeux piteusement. J'aurais presque envie de le réconforter.

– Sauf que ça ne s'est pas vraiment passé comme tu avais prévu.

– Non... Enfin, si, au début...

Kévin se racle la gorge. Pour gagner un peu de temps. Mais, comme si le silence lui semblait encore plus gênant que les paroles, il continue :

– Disons que je lui ai filé la bague, sans me présenter. J'ai dit que c'était pour toi et que tu saurais de qui ça venait. Je lui ai raconté qu'il y avait un petit mot à l'intérieur... Il n'a pas pris la bague tout de suite. Il m'a dit : « Bonsoir Kévin. Je suis très heureux de faire enfin ta connaissance. Entre, si tu veux... » Et c'est là qu'il a pris le paquet... Ensuite, je ne sais plus trop comment, mais je me suis retrouvé dans la baraque...

Kévin fait une pause. Il semble revoir tout ce qu'il a vu ce soir-là. Les hauts plafonds. L'immense escalier. Les meubles précieux. Tout cet univers où je naviguais sans lui.

– Il m'a proposé de boire un verre. Je me suis dit que tu n'étais pas là. Alors, j'ai bien voulu... On est rentrés dans le salon. J'étais curieux de voir le piano. Mais ce n'est pas vraiment ce que j'ai remarqué en premier... Je te promets, j'ai failli tomber dans les vapes. J'ai cru que c'était toi qui étais assise dans le canapé...

Kévin tourne des yeux étonnés vers moi. Comme s'il était encore abasourdi.

– Il paraît que tu n'étais pas au courant pour eux ?

– Non.

Il hoche la tête, longuement, avant d'ajouter, sur un ton le moins désagréable possible :

– Ils m'ont dit aussi que Paul Schneider était venu jouer...

Je ne cache pas ma gêne. Kévin me rassure aussitôt :

– T'inquiète pas. J'ai bien compris. De toute façon, déjà à cette époque-là, tu ne me supportais plus...

Kévin risque un œil de mon côté. Je ne me défends pas. J'espère seulement qu'il voit, dans mon regard, que je ne pense pas des choses aussi simplistes. Semblant s'en rendre compte, il me demande sur un ton presque gai :

– Il joue bien Schneider ?

– Plus que bien...

– Ça a été le coup de foudre, quoi !

– On peut le dire comme ça, oui.

Kévin pose les mains sur le volant. Il le bouge un peu, en faisant mine de conduire.

– Pour eux aussi, ça a été le coup de foudre, alors ?

– Faut croire que oui.

– Et tu ne t'es rendu compte de rien ?

– Je n'étais pas là. J'étais sortie prendre l'air. Je les ai laissés tous les deux pendant... une vingtaine de secondes, environ !

Kévin écarquille les yeux dans la pénombre. J'ajoute :

– Oui, Jean-Charles a une manière assez directe d'aborder les gens. Il déteste ce qu'il appelle les « occasions ratées »...

Tandis que Kévin, bouche bée, semble prendre note, je joue avec la poignée de la portière :

– Je te rassure, même pour Maud, c'était un peu rapide. Elle ne l'a pas rappelé tout de suite. Elle l'a fait patienter un peu...

Je ris intérieurement, parce que je revois le pauvre Jean-Charles, prêt à partir pour Lyon. Je revois sa tête dans la voiture devant chez mes parents. Finalement, il n'en menait pas plus large que Kévin ce soir.

– Et donc, ils se sont vus toutes les semaines ?

– Oui, elle passait la nuit dans la maison.

– Et ils ne te disaient rien...

– Eh non...

– Ça les amusait ?

– Pas du tout ! Ils m'ont raconté que Jean-Charles trouvait ça complètement débile. Mais Maud voulait me l'annoncer elle-même et elle ne savait pas comment s'y prendre. Elle était persuadée que j'étais amoureuse de lui...

– Ce n'était pas le cas ?

Kévin attend anxieusement ma réponse. Presque désolée de ne pas pouvoir mêler Jean-Charles à nos problèmes, je lui dis :

– Non... Je ne l'ai jamais aimé... Ce n'est pas lui qui m'a éloignée de toi...

Kévin commençait à se détendre. Il replonge aussitôt dans la mélancolie. Mais je ne laisse pas le silence s'installer :

– Plus le temps passait, moins Maud arrivait à me parler. Jusqu'au jour où tu as déboulé. Là, elle a pris conscience qu'il fallait peut-être arrêter les frais...

J'ajoute, en me penchant vers lui :

– Finalement tu vois, tu as débloqué ça aussi.

Kévin hausse les épaules.

– Bah, tant mieux alors...

Il caresse le volant, à l'endroit du klaxon. En le voyant faire, je repense à cette fête de classe où il avait réussi à me traîner. Nous nous étions isolés dans un coin du jardin. Il caressait l'herbe, de la même façon. C'était juste avant de relever les yeux, de se rapprocher enfin pour m'entourer les épaules, et me garder contre lui, sans parler.

Soudain, j'ai du mal à poursuivre la conversation. Je suis obligée de me faire violence pour demander, sur un ton faussement gai :

– Et donc Jean-Charles t'a montré le piano ?

Kévin, qui doit lui aussi sentir arriver le moment douloureux, s'efforce de poursuivre :

– Ouais... Il a joué quelques notes... Mais je me suis pas éternisé. Je les ai laissés tranquilles... Jean-Charles m'a raccompagné au portail...

– Tu n'as pas osé lui redemander la bague ?

– Si. Mais, il a pas voulu me la redonner... Au début, j'ai cru qu'il se foutait de moi. Mais il était super sérieux. Il trouvait mon idée bien. Tu serais obligée de réagir. Tant pis si tu disais quand même non, au moins j'aurais essayé... Il ne s'arrêtait plus de parler. Il a dit plein d'autres trucs encore...

Kévin se tait. Il m'observe dans la pénombre. Il vérifie que je suis prête à entendre la suite. Je lui souris pour l'encourager, parce que je sais que, ce qu'il va dire, ce sera la vérité. Rien que la vérité... Alors il empoigne le volant.

– Il m'a dit que c'était grâce à moi, si tu étais une super pianiste... Il m'a même dit : « Tu es un garçon en or... »

Kévin se tourne vers la vitre. Il a prononcé ces derniers mots la gorge nouée. J'ose à peine murmurer :

– Tu n'as pas osé lui avouer que tu n'avais pas mis de petit mot dans le paquet ?

– Bah non. Je ne voulais pas qu'il se rende compte que j'avais cherché à le prendre pour un con. Je suis parti...

Kévin se fige, et reste comme ça, bloqué contre la vitre.

Il se crispe encore un peu plus, lorsqu'il entend s'ouvrir la fermeture éclair de mon sac. Après avoir ricané plusieurs fois, tout doucement, pour lui-même, parce que des milliers de souvenirs doivent lui passer par la tête, toutes ces choses auxquelles il a cru : le mariage, les enfants, le grand piano dans le salon... après avoir enterré tout cela, visiblement, il arrive enfin à se retourner et à regarder ce qu'il y a dans ma main.

– Tu me la rends, alors ?

– Oui... Une bague en or, pour un garçon en or.

Kévin observe l'écrin, sans le prendre.

Puis il regarde droit devant nous. Il observe la pelouse, qui mène à l'étang, là-bas, invisible dans la nuit.

Alors, tout doucement, en ouvrant sa portière, il me dit :

– Viens...

Je comprends ce qu'il a l'intention de faire... Comme si je pouvais empêcher quelque chose, comme si ça avait un sens, j'hésite une seconde. Puis je sors de la voiture en serrant l'écrin dans ma paume.

Dehors, l'air est humide et froid. Je m'attends presque à ce que Kévin m'entoure les épaules, comme autrefois. Mais c'est côte à côte, en amoureux déjà séparés que nous traversons les quelques mètres d'herbe.

La terre devient spongieuse sous nos pas. Bientôt nous ne pouvons plus avancer. Devant nous, il y a quelques roseaux et, au-delà, l'étendue noire de l'eau.

J'ai peur. Je ne me suis jamais apprêtée à faire quelque chose d'aussi grave, d'aussi fou. Jamais non plus je ne me suis sentie aussi seule... Je me tourne vers Kévin, immobile dans la pénombre. Mais c'est comme s'il n'était déjà plus là.

Je lève mon visage vers le ciel, je ne vois que du vide. Et l'espèce de sanglot que je sentais monter en moi retombe aussitôt.

Alors, je desserre mes doigts. Je soupèse l'écrin. Il est assez lourd, il ne va pas flotter, il va couler bien droit...

Je le porte jusqu'à mes lèvres. Je dépose un long baiser sur sa surface veloutée, comme pour atteindre la bague qui dort à l'intérieur.

Je le lance vers l'étang. De toutes mes forces.

On entend un « plouf », puis, de nouveau, le silence.

Je ferme les yeux. J'imagine les ondes qui s'étendent à la surface de l'eau.

Je prends la main de Kévin et la serre très fort une dernière fois. Lorsqu'il la retire, il me demande d'une voix calme.

– Je te ramène chez toi ?

28

Les jardiniers sont passés. La pelouse a été tondue. Pour le plus grand bonheur des oiseaux, qui batifolent au soleil, en picorant la terre... Pas de doute, les beaux jours sont revenus. Juin approche.

Heureusement, ma nouvelle petite poussée d'angoisse est brève. Jacqueline me tire de ma rêverie :

– Bref, mon piano s'est bien occupé de toi, alors !

– Oui, vraiment très bien...

De sa main bronzée, elle avance le sucre vers moi, mais je n'en prends pas. Pas de sucre dans le thé. Ça me semble plus élégant. Même si je sais bien que, du point de vue de l'élégance, je n'arrive pas à la cheville de Jacqueline. Depuis mon arrivée, elle n'a toujours pas fait la moindre allusion à son voyage, aux paysages, aux gens extraordinaires qu'elle a dû voir. Et elle m'examine comme si j'étais la chose la plus importante du monde.

– Penses-tu que je doive demander à l'accordeur de venir ?

– Je crois, oui. Et, peut-être, aussi...

Jacqueline saisit la poignée de la théière, pour remplir sa tasse.

– Je t'écoute.

– J'ai beaucoup travaillé sur votre piano, et certaines touches sont un peu fatiguées. Peut-être que l'accordeur pourrait revoir ça en même temps... Enfin, c'est très léger, je ne veux rien vous imposer.

– Au contraire ! Si des réglages sont nécessaires, je vais demander à ce que ce soit fait. Dans les semaines qui viennent, j'aurai besoin que ce piano soit irréprochable... Pour tout te dire, je compte organiser quelques petits récitals ici.

Elle repose la théière sur la table. Je ressens comme un coup dans le cœur. Ça y est, elle va m'annoncer que je ne vais plus pouvoir disposer du Steinway comme je veux... Mais je n'ai rien à exiger. C'est son piano, après tout. Alors, je me redresse, avec un air digne :

– Ah !... Très bien... Et quel pianiste allez-vous inviter ?

– D'après toi ?

– Jean-Charles ?

Je ne vois rien venir, et cela semble l'attendrir beaucoup :

– C'est toi qui vas jouer, ma chère Caroline ! J'ai de nombreux amis dans la région. Et je souhaite que tu te produises devant eux... Bien entendu, tu seras payée. Tu recevras un cachet après chaque prestation, comme une véritable professionnelle.

Mon regard éberlué lui fait plisser affectueusement les yeux. J'essaie de me ressaisir :

– Et... que voulez-vous que je joue ?

– Ton programme d'examen, dès qu'il sera prêt.

Voyant que je comprends enfin, elle s'illumine :

– Mes amis sont déjà plus ou moins prévenus. Je les inviterai par petits groupes. Nous organiserons une dizaine de concerts. Je pense qu'après cet entraînement tu auras des nerfs d'acier... Voilà, ce que je te propose. Est-ce que cela te convient ?

Je m'incline. Je frotte mes mains.

– Oui... C'est formidable. Je vous remercie.

Je suis heureuse, c'est vrai. Je souris. Je vais pouvoir annoncer la bonne nouvelle au Maître. Cet été, finalement, je serai de la partie... Pourtant, au fond de moi, je ressens une espèce de rage, minuscule mais intense. Et je ne peux pas m'empêcher de demander, sur un ton un peu sec :

– Pourquoi est-ce que vous faites tout ça pour moi ?

Sans perdre son calme, comme si elle s'attendait à cette question, Jacqueline avance sa main dorée jusqu'au sucrier :

– Parce que j'en ai envie...

Elle prend un sucre. Un morceau entier.

– Et parce que j'aime bien me faire plaisir...

Elle plonge le sucre dans sa tasse. Puis elle saisit une des deux petites cuillères en argent posées sur le plateau.

– Or, ici, vois-tu, mon plaisir vient du fait que, pour une fois, dans cette existence un peu vide qui est la mienne, j'ai la sensation d'être utile à quelqu'un...

Tout en remuant son thé, Jacqueline m'observe avec un sourire triste. On n'entend plus que le chant des oiseaux et le tintement de l'argent contre la porcelaine.

– D'ailleurs, j'ai une autre proposition à te faire...

29

– Tu vas accepter, j'espère !

– Ça me fait très envie, bien sûr...

– Mais il n'y a pas à hésiter une seconde, ma vieille !

Maud arrache son pull et son tee-shirt, superbement agacée. Elle les jette sur le banc, juste à côté de ma cuisse. Comme si c'était vraiment moi qu'elle voulait fouetter... Bref, je crois que j'ai retrouvé ma grande amie.

Tandis qu'elle déboutonne son pantalon, j'essaie de regarder un peu ailleurs. Mais, dans ce vestiaire, il n'y a que des danseuses occupées à se changer, à passer des collants, des justaucorps. C'est-à-dire, que des filles à moitié nues... Les garçons ont raison de fantasmer sur les vestiaires des danseuses. Ça vaut le détour ! Toutes ces filles sont superbes. Je crois qu'à côté d'elles j'aurais toujours l'impression d'être un culbuto tout juste bon à s'agiter devant un piano...

– Arrête de perdre ton temps dans les bus ! Fais tes valises, installe-toi chez elle ! Déjà, rien que pour préparer ton bac, ce serait indispensable… Alors, avec ton prix, en plus !

– C'est exactement ce qu'elle m'a dit.

– Eh bien, moi, je te le confirme !

Maud pose son pantalon, sur son pull et son tee-shirt en essayant de garder son calme.

– Quel est le problème ? Tu n'as pas encore osé en parler à tes parents ?

– Si, si. Ils sont au courant… Maman n'est pas contre. Ce qui l'ennuie, c'est l'argent. Elle voudrait que je paye un loyer à Jacqueline. Elle n'arrive pas à se faire à l'idée que je vais être logée et nourrie gratuitement… Et rémunérée, en plus !

– L'argent, toujours l'argent !

Maud passe les mains derrière son dos pour dégrafer son soutien-gorge. Je baisse les yeux… Sans pouvoir m'empêcher d'imaginer les mains de Jean-Charles accomplissant ce petit geste.

– Et ton père ?

– Il n'a rien dit… De toute façon, il n'est pas très bavard en ce moment. Ça n'a pas l'air d'aller fort.

– Il ne s'est toujours pas remis de ta séparation avec Kévin ?

– Peut-être... Mais je crois que ça ne se passe pas très bien à son nouveau boulot. Enfin, je ne sais pas trop. Mes parents ne me racontent rien.

– Bref, tu te dis que ce n'est pas le moment de les abandonner.

– Voilà. En gros.

– Ma pauvre Caroline...

Ça y est, Maud est complètement nue. Je me concentre sur ses pieds, qui vont et viennent sur le carrelage, entre le banc et le casier... Ça, par contre, j'imagine que ça a dû moins lui plaire, à Jean-Charles, les pieds de sa danseuse ! Des muscles, des os, des tendons, des veines, des ongles tout racornis. Et plein de durillons...

Maud enfile son collant, son justaucorps, ses chaussons, gracieuse dans ses moindres mouvements. Bientôt, elle est debout devant moi. Avec son sourire de danseuse prête à aller martyriser son corps, pour la beauté du geste...

Presque toutes les autres filles sont passées dans la salle de cours. Alors, avec l'impression de peser des tonnes, je me lève du banc.

– Je vais te laisser. Travaille bien.

– Toi aussi...

Maud me raccompagne jusqu'à la porte.

– Merci d'être passée. Ça faisait longtemps !

– Ça faisait longtemps, oui…

Nous jetons toutes les deux un œil hors du vestiaire. Nous regardons le long couloir, qui mène aux loges. Ce long couloir que nous avons parcouru dans un silence de mort, après mon audition. Maud était aussi pensive que maintenant. Elle devait réfléchir à ce qu'elle allait dire à Jean-Charles, dès qu'elle l'aurait au téléphone. Elle avait déjà compris qu'il était le seul à pouvoir me remonter le moral.

Tout doucement, je lui demande :

– C'est par ici que ça s'est passé, alors ?

Maud me montre le petit recoin, avec les fauteuils et le distributeur :

– Oui, là-bas… Je me souviens, je me suis demandé s'il allait m'entraîner à l'écart.

– Il a essayé de t'embrasser ?

– Absolument pas… Mais, si j'avais voulu, il y était prêt.

– Sauf que tu ne voulais pas.

– Si…

Maud se met à rire :

– Si, bien sûr, je voulais déjà… Mais, tu vois, moi aussi je dois être un peu romantique, au fond. J'ai préféré courir vers toi, en cachant sa petite carte dans ma poche…

Quelques types s'attroupent autour du distributeur. En voyant Maud moulée dans son justaucorps, ils écarquillent les yeux... Elle ne fait pas attention à eux. C'est moi qu'elle regarde à présent, intensément.

– Et je crois que j'ai eu raison. Au fond, dans cette histoire, j'aurai appris à prendre un peu mon temps...

Elle me saisit par les épaules :

– En tout cas, ce que je voudrais, maintenant, c'est que tu apprennes à ne plus perdre le tien...

Je hoche la tête pour lui dire que j'ai bien entendu. Alors elle me serre dans ses bras. Je me laisse cajoler, mais je ne fais rien pour la retenir. Je ne veux pas la mettre en retard. C'est elle qui reste contre moi.

Du côté du distributeur, ça siffle un peu. Nous finissons par nous séparer... Mais Maud ne me lâche pas complètement. Elle n'en a pas tout à fait fini. Elle me jette encore un regard polisson :

– Ce soir, je t'appelle. Moi aussi, j'ai un numéro de téléphone et une adresse à te donner. Et cette fois, tu ne vas pas me dire non...

30

J'écoute le brouhaha qui monte du salon. Combien sont-ils ce soir ? Une quinzaine ? Une vingtaine ? Je les imagine tout endimanchés, comme avant-hier, les enfants bien peignés...

Mes parents ont dû arriver maintenant. Les pauvres, ils doivent être très mal à l'aise dans cette ambiance un peu snob. C'est pour ça que je redoutais de les faire venir... Mais je suis sûre que Jacqueline les bichonne. Et puis, je suis tellement contente de les revoir après tout ce temps !

Quatre semaines ! La vache ! Je n'ai jamais monté un programme aussi vite. Même Chaland est soufflé. Je sens qu'il croit de nouveau en moi. Dans sa tête, je suis repartie pour la course aux CNSM. Il y a fait une allusion discrète, mardi dernier...

Je ne vois pas aussi loin. Pour l'instant, je vise l'examen. Et, au moins, dans cette course-là, j'ai conscience de ne pas être en retard ! Car non seulement j'ai bien travaillé, mais en plus, cette année, il n'y aura pas de triche ! Eh oui, monsieur le directeur a mis un nouveau système au point. Il a demandé aux professeurs de lui proposer plusieurs programmes et il a dévoilé son choix au dernier moment. La classe de Fargeolles n'a qu'à bien se tenir !

Mais peu importe. Au fond, Fargeolles peut faire ce qu'il veut, je me sens solide comme jamais. Je ne remercierai jamais assez Jacqueline ! Quasiment deux heures de bus gagnées par jour, ça change tout... J'ai enfin pu prendre le temps d'étudier les partitions, de les analyser à fond, de m'en imprégner.

J'ai également pu préparer mon bac sans avoir mes parents sur le dos, inquiets de savoir si je passais assez de temps sur mes cours... Oui, c'est un peu bizarre à dire, mais je me sens bien, loin d'eux. J'ai l'impression d'exister enfin. Ce qui ne signifie pas que je les aime moins ou que je pense moins à eux. Au contraire, j'ai hâte de les retrouver ce soir, après une si longue séparation ! Dans trois quarts d'heure, dès que j'aurai terminé mon travail, nous serons réunis.

Les mâchoires un peu tremblantes tout à coup, je m'allonge sur mon lit. Je fixe le plafond, parfaitement lisse et blanc, qui semble absorber mon trac. Je me sens plutôt bien.

Du bout des doigts, je touche mon ventre. C'est étonnant, je n'ai absolument pas mal. Enfin, par rapport à ce que j'ai connu, ce n'est vraiment pas grand-chose. Ça ne va pas m'empêcher de jouer... Dire qu'avant il aurait fallu annuler la soirée ! Et peut-être même celle du lendemain... Il faudra que je songe à remercier Maud. Je m'en voudrais presque de ne pas l'avoir écoutée plus tôt.

Finalement, il n'y a que mon estomac qui se tortille un peu. Mais ça va. Je ne suis pas terrassée par le trac. Et je sens que, au clavier, je vais garder le contrôle de mes muscles... Comme les fois précédentes, il y aura sans doute quelques accrocs, par-ci, par-là. Mais je sais que ce sera vite rattrapé... De toute façon, maintenant, je ne supporterais plus de prendre un bêtabloquant, de sentir mon cœur ligoté et de jouer en redoutant le trou de mémoire...

Je remue les doigts. Il ne faudrait pas qu'ils refroidissent... Heureusement, ça y est : j'entends Jacqueline monter les escaliers.

Elle frappe doucement à ma porte. Puis, elle ouvre :

– On peut y aller.

– D'accord...

Dernière poussée d'adrénaline. Je me lève... Jacqueline me laisse passer et descendre la première dans les escaliers. Comme les fois précédentes, elle m'adresse un regard plein d'encouragement. Mais, ce soir, ses yeux ne sourient pas. Elle a un air étrange. Elle paraît désolée pour moi...

Je ne tarde pas à savoir pourquoi. Lorsque j'arrive dans le salon, sous les applaudissements, je ne vois pas mes parents au milieu des décolletés et des nœuds papillons...

Je vais jusqu'au piano, je m'incline. En me relevant, je les cherche encore du regard... Je ne tarde pas à croiser celui de Jacqueline. Elle semble me dire, avec toute la délicatesse et toute la fermeté possibles, que j'ai une prestation à assurer, quoi qu'il arrive. Alors, sans réfléchir davantage, persuadée que, s'il s'était passé quelque chose de très, très grave, Jacqueline me l'aurait dit, et réalisant que même dans ce cas j'aurais peut-être été capable de jouer, je souris à mon public, sans oublier la petite caméra, qui est en train de me filmer...

31

« Salut, Caroline... Maud m'a téléphoné... J'espère que tu vas bien. J'espère aussi que ton papa va mieux. Bon, j'essaierai de te rappeler, mais je vais quand même déjà t'annoncer la bonne nouvelle, histoire de te remonter un peu le moral... J'ai un message de Paul pour toi... Il est dans l'avion pour les États-Unis, il n'avait pas le temps de te contacter avant de partir et, comme il ne voulait pas te renvoyer un simple mail chez ma tante, il m'a chargé de t'appeler... Donc, voilà, le stage était complet, mais exceptionnellement il te fera rajouter sur la liste. Et si tu le souhaites, l'an prochain, tu peux rentrer dans sa classe... Il te donnera lui-même ses impressions, mais sache qu'il est enchanté ! Il m'a dit : "Cette fille ne mâche pas ses mots !" Crois-moi, venant de lui, c'est un sacré compliment. D'ailleurs, si ça ne te gêne pas, je veux bien que tu m'envoies

la vidéo, je suis assez curieux de voir ce que ça donne... Bon, le problème, c'est que le stage tombe en même temps que celui de Chaland. Je ne sais pas si tu avais déjà réservé. Mais je crains que tu doives annuler. En tout cas, à ta place, c'est ce que je m'empresserais de faire... Autre précision : quand je dis que Paul t'accepte dans sa classe, c'est vrai à un détail près. En fait, tu ne rentreras pas au conservatoire cette année. Pour le dépôt du dossier et le concours d'admission, c'est trop tard. Ça signifie que tu prendrais des cours privés avec Paul... Vu sous cet angle, ça peut être effrayant, mais on a des solutions ! En ce qui concerne le logement, considère que c'est réglé. Mes parents seront ravis de t'accueillir dans le studio qui est à côté de leur appartement. C'est là que j'ai habité ces dernières années... Cerise sur le gâteau, tu auras mon Fazioli dans sa salle insonorisée, petite veinarde ! Finalement, je ne l'emporte pas à Paris. Je vais louer un piano sur place... Ensuite, pour le tarif des cours, Paul est prêt à pratiquer un prix d'ami. Ne t'inquiète pas... En plus, Paul connaît du monde dans toutes sortes de fondations et il te fera obtenir une bourse d'un simple claquement de doigts... Mais surtout, on va s'arranger pour que tu puisses travailler ! Ça peut être des heures d'enseignement. Là, encore, Paul a des amis un peu partout. Il n'y a rien de précis pour l'instant, mais on trouvera... En revanche, il y a une chose sur laquelle tu peux déjà compter. Et j'ai le plaisir de t'apprendre que c'est moi qui te l'apporte sur un plateau ! Récemment, on m'a proposé une tournée en trio dans des maisons de retraite, dans des hôpitaux, et notamment dans des hôpitaux psychiatriques... Je suppose que tu seras particulièrement sensible au sujet... C'est une tournée avec beaucoup de dates, dans toute la Suisse et aussi en Allemagne. Si tu veux, je te branche sur le coup. C'est un sacré filon. Avec ça, tu vivras super bien. Et, en plus, c'est très formateur. Je l'ai déjà fait. Moi, ça m'a appris à enchaîner les concerts sans trop me poser de questions... Voilà, ma chère Caroline ! En gros, ce qu'on te propose, c'est de vivre une vraie vie de pianiste professionnelle pendant un an, et à mon avis, le jour où tu rattraperas un cursus d'étudiante, ça fera la différence avec les autres... Si tu veux d'autres infos, n'hésite pas à me rappeler. Parce que tout bien réfléchi, je vais te laisser préparer tranquillement ton examen... En tout cas, je te dis à bientôt. Je te souhaite bon courage. Évite de trop cogiter... Fais ton boulot, madame la pianiste ! C'est déjà beaucoup... »

Fin du message.

Je décolle le portable de mon oreille. Je l'examine, comme si je tenais pour la première fois un téléphone dans ma main...

Autour de moi, rien n'a changé. Le ciel est aussi bleu qu'avant. Avec les mêmes petits nuages immobiles.

Sur la façade du bâtiment, les mêmes fenêtres sont ouvertes, les mêmes volets sont baissés.

Là-bas, assise sur un autre banc, la dame en robe de chambre continue de fixer cette chose invisible, devant elle...

J'éteins mon téléphone, je le range dans ma poche. Presque sans m'en rendre compte, je me lève et je retourne vers l'entrée du bâtiment.

Dans l'ascenseur, je me retrouve avec un couple de visiteurs. Une femme et un homme qui ont l'air accablé... Je m'efforce de ne pas laisser paraître le moindre signe de bonne humeur.

Quand j'arrive dans le service, je croise l'infirmière qui est passée dans la chambre tout à l'heure avec le médicament... Je réponds à son sourire, le plus discrètement possible.

Devant la porte de la chambre, je fais une pause, pour détendre tous les muscles de mon visage. Quand je sens que, même dans mes yeux, il n'y a plus la moindre trace d'excitation, j'appuie sur la poignée.

Je rentre sans rien regarder d'autre que mes chaussures. Je me glisse jusqu'à ma chaise. Je ne relève les yeux qu'après un long moment.

Dans la chambre non plus, rien n'a bougé...

Face à moi, dans son lit, mon père a toujours la tête penchée du même côté de l'oreiller. Il dort. Loin du monde du travail. Loin de ce monde bizarre, où on annonce aux gens, le dernier jour de leur période d'essai, que, tout compte fait, on ne va pas les garder...

À côté de lui, sur l'autre chaise, ma mère somnole. Épuisée par les nuits blanches... Épuisée d'avoir passé plus de deux semaines à nous mentir au téléphone, à ma sœur et à moi, pour ne pas nous inquiéter, pour que nous restions « dans nos affaires », ma sœur « dans son bébé », et moi « dans mon piano ». Épuisée d'avoir tant supplié mon père de lui parler et d'au moins faire un effort pour s'alimenter. Épuisée d'avoir tant lutté, oui. Jusqu'à la crise. Jusqu'à la libération, d'une certaine manière... Derrière ses paupières violettes, le film de la soirée d'avant-hier semble repasser en boucle. Les cris de papa. Le déchaînement. La fuite chez les voisins, pendant que, à l'intérieur de notre maison, tout volait...

Près de la fenêtre, dans le fauteuil, ma sœur a les yeux fermés. Elle fait ses exercices de relaxation. Elle inspire, elle expire, les deux mains posées sur le ventre. Comme pour rassurer son bébé. Comme pour lui dire que les contractions ne vont pas revenir. Qu'il peut encore rester au chaud...

Je les observe, et je me tais. Je garde mon euphorie pour plus tard.

D'ailleurs, je finis moi aussi par clore mes paupières. Là, dans ma tête, sans bouger, comme si j'étais déjà sur la scène, comme si ma chaise était une banquette, et comme si, à la place du lit, il y avait un grand piano noir, blanc et or, je commence à filer mon programme.

32

L'eau du robinet coule sur mes mains. Mes mains qui ne sont pas devenues magiques... Mes simples mains, qui vont continuer de travailler et qui vont faire de leur mieux, j'en suis sûre, pour être à la hauteur des espoirs qu'on vient de mettre en elles.

Dans le miroir, face à moi, il y a une fille, toujours la même, qui va bientôt s'envoler pour l'Italie, mais qui, pour l'instant, doit songer à aller se coucher parce que, demain, elle a encore deux épreuves du bac à passer. Deux dernières copies à noircir consciencieusement.

Quant à ces toilettes, c'est terrible à dire, mais elles puent toujours autant...

Bref, la vie continue. Égale à elle-même. Ça aurait presque quelque chose de déprimant. Tant d'efforts, tant de travail, et puis cette impression de routine. De tristesse même.

Non, le monde n'est pas devenu un paradis. Mais, au fond, c'est rassurant. Cela signifie que, lorsque j'échouais, le monde ne se transformait pas non plus en enfer. Le cauchemar était en moi, seulement en moi... Il faudra que je m'en souvienne quand des jours moins heureux que celui-ci se présenteront...

Je coupe le robinet. Comme d'habitude, le distributeur de papier est vide... Je ne m'énerve pas. Je laisse sécher mes mains, en les secouant un peu. Et, avant de retourner dans l'agitation du hall, j'en profite pour écouter le calme qui règne à l'intérieur de mon corps... Pas de palpitations. Pas de vertiges. Tout fonctionne normalement. En fait, s'il y a vraiment une nouveauté, c'est l'extraordinaire sensation de paix et de liberté que j'éprouve...

En sortant des toilettes, je croise Fargeolles, qui se dirige du côté des hommes. Là, non plus, il n'y a pas de miracle : nous ne sommes pas devenus amis subitement et nous savons très bien ce que signifie ce sourire imperceptible que nous échangeons... Dans sa classe, le nouveau système du directeur a fait quelques dégâts. D'autant que, cette année, il n'avait pas d'amis dans le jury pour rattraper le coup... Fargeolles sait à qui il doit cette catastrophe. Et je ne m'étonne pas de ne trouver aucune gentillesse dans son regard. Nous sommes ennemis pour la vie. Où que nous nous croisions désormais, ce sera la guerre. À la moindre faiblesse de ma part, il me plantera son poignard dans le dos. Pour ma part, si je le vois en difficulté, je ne bougerai pas le petit doigt. En attendant ces réjouissances, nous nous faisons ce petit rictus, et nous passons notre chemin...

Lorsque je réapparais dans le hall, beaucoup de regards se tournent vers moi. Bertrand semble vouloir me parler. Je me contente de répondre à son signe de tête obséquieux, et je file vers ceux qui m'attendent près de la sortie... Ceux qui m'ont fait cette drôle de surprise. Ceux que j'ai retrouvés assis en brochette dans les fauteuils de l'auditorium à mon retour de scène !

Serrée contre Jean-Charles, Maud me regarde un peu craintivement. C'est elle qui a tout manigancé ! Mais je ne lui en veux pas. Elle a eu raison... J'ai même l'impression que si elle n'avait pas été à mes côtés quand le directeur a annoncé les résultats, que si elle ne m'était pas tombée dans les bras en pleurant de joie, je n'aurais peut-être pas réalisé ce qui m'arrivait... Et tous ces regards qui convergent vers moi semblent être là pour me confirmer que je ne rêve pas.

Jean-Charles a son petit sourire moqueur. Je le sens prêt à faire un bon mot, sur un ton tendrement cruel... Est-ce l'effet de l'amour ? Est-ce le fait d'avoir une Maud désormais bien à lui, une Maud libérée, qui ne se cache plus ? Est-ce que cela le rend moins mordant ? Toujours est-il que le bon mot ne vient pas. Quant au sourire ironique, il se transforme en air un peu niais.

Finalement, Jacqueline brise le silence :

– Tu es heureuse ?

– Oui. Très heureuse !

– Alors, nous aussi...

Bien sûr, ces mots-là sont destinés à mes parents. C'est une manière de les inviter à s'exprimer, enfin. Depuis un quart d'heure, ils sont complètement intimidés. Comme s'ils ne me reconnaissaient plus.

Ma mère finit par se lancer :

– Bravo, ma chérie...

Elle s'étrangle d'émotion, pensant peut-être déjà aux centaines de kilomètres qui vont nous séparer l'hiver prochain. À la solitude qu'il va falloir affronter avec mon père.

Comme un nouveau silence s'installe, un silence qui commence à nous bouleverser tous les trois, mon père se dépêche de conclure :

– Bon, bah, c'est bien...

Il n'en dit pas plus. Et lui aussi, je sais qu'il a fait de son mieux... Je sais surtout qu'il est pressé de partir, maintenant ! Pressé d'aller retrouver le petit bonhomme qui a surgi il y a trois jours, très en avance, comme par souci de sortir son grand-père de la brume... Et on peut dire qu'il a réussi son coup, celui-là. Ressuscité le grand-père ! On ne le tient plus... Est-ce qu'il n'aurait pas dû écouter les médecins et rester un peu plus longtemps à l'hôpital ? Nous verrons bien.

En attendant, je ne vais pas le priver plus longtemps de son petit-fils. D'ailleurs, moi aussi j'ai hâte de retourner à la clinique. J'ai envie d'être près de ma sœur. Oui, tout près d'elle, pour la réconforter... Je l'ai eue au téléphone il y a quelques minutes, et elle m'a félicitée avec la voix d'une maman qui entame un beau baby-blues ! Alors, sans plus tarder, j'annonce à mes parents :

– Je vais dire au revoir au Maître, et puis on y va, si vous voulez.

Mon père acquiesce. Ma mère lui jette un petit regard moqueur :

– Prends quand même ton temps, ma chérie... On n'est pas à cinq minutes !

Elle n'est pas au courant pour ma sœur. Elle ne sait pas encore que, cette fois, c'est sa grande fille qui flanche... Je lui renvoie son sourire et je me tourne vers le Maître.

M. Chaland est en train de consoler Irina dans un coin du hall. Enfin, si on peut appeler ça « consoler »... Quand il est comme ça, impuissant, les bras le long du corps, comme une espèce de petit soldat, on a vraiment envie de le secouer ! On a envie de s'écrier : « Ça vous embêterait de dire quelque chose de réconfortant ? »

Pauvre Irina, j'espère que ce n'est pas le début d'une longue série noire... En la voyant saluer le Maître, la tête basse, puis rejoindre ses parents, qui l'entourent, l'air terriblement déçus, j'ai peur pour elle. Pour le moment, je ne lui adresse pas la parole. Je la laisse s'éloigner discrètement vers la sortie. Je sais combien on a besoin de solitude dans ces cas-là. Mais je me promets de parler d'elle à Jacqueline...

M. Chaland m'attend. Pas très fier. Je marche dans sa direction, avec l'envie de lui dire deux mots d'Irina. Un trou de mémoire chez une fille comme elle, ce n'est pas normal. Il est peut-être temps qu'il se demande si sa manière de préparer ses élèves aux échéances n'est pas en cause. Si, au lieu de leur demander toujours plus d'honnêteté et de précision dans l'interprétation, il ne ferait pas mieux de nous dire de foncer dans le tas, quitte à ce que l'interprétation en souffre un peu... Mon regard noir semble être reçu cinq sur cinq. Et, comme s'il avait déjà compris la leçon, le Maître m'accueille en écartant les bras de son corps. Il me fait presque un sourire de fête :

– Bravo, Caroline !

– Merci.

Voilà. Cinq années résumées en deux mots. Le Maître cherche quoi ajouter. Mais je n'attends rien d'autre. On ne change pas les gens en quelques secondes !

– Bon, je vous revois mardi prochain, alors...

– Oui... Est-ce que tu veux qu'on prépare les morceaux pour ton stage ?

Le Maître a posé la question avec précaution. Je le mets à l'aise :

– Mais, bien sûr, monsieur. Je viendrai avec mes partitions. Comme d'habitude.

– Bien...

Le silence retombe. La conversation ne semble pas devoir aller plus loin. Chacun sait à quoi pense l'autre : c'est-à-dire au fait que ce prochain cours sera le dernier et qu'il était sans doute grand temps pour moi de prendre mon envol.

Je songe à partir maintenant, à retourner auprès de mes parents. Mais M. Chaland me demande, avec une simplicité surprenante :

– Tu es contente de partir travailler avec Paul ?

Comme il semble ne pas craindre ma réponse, je lui ouvre un peu mon cœur :

– Oui, très... Mais, j'ai peur aussi.

– Oh ! ne t'inquiète pas. Tu vas connaître autre chose que les larmes... Le problème, pendant les cours de Paul, ce serait plutôt les fous rires !

Ces mots, prononcés avec l'air de penser sincèrement que j'ai peut-être parfois souffert pour rien, que j'aurais parfois mérité des encouragements plus enthousiastes, me laissent entrevoir que le prochain cours sera assez merveilleux. Oui, je crois que, pour une fois, je n'aurai pas l'impression d'être emprisonnée entre quatre murs. Il y aura comme un grand vent d'air frais dans la salle... D'ailleurs, j'espère pouvoir confier au Maître que le piano n'a pas été qu'une torture avec lui. Tout le relief de mon jeu, toute ma palette sonore, c'est lui, c'est son œuvre.

Le mieux serait peut-être de le remercier dès maintenant, pour alléger cette culpabilité qu'il semble éprouver. Hélas ! j'en suis incapable. Pour l'instant, je me sens seulement la force de partir, de me faire oublier un peu.

Je m'apprête donc à le saluer, quand il prend soudain un air réjoui que je ne lui connaissais pas :

– Tu sais que nous allons nous retrouver à Genève, au mois de mars...

Il ne m'avait jamais parlé sur un tel ton de confidence. Je suis tellement stupéfaite, qu'il en paraît un peu gêné à son tour :

– Paul m'a dégotté une petite série de concerts. Rien d'extraordinaire, mais l'orchestre n'est pas mauvais... C'est lui qui devait jouer. La chose était prévue de longue date, mais entre-temps il a eu des engagements plus intéressants. Alors, pour le remplacer, il a tout de suite pensé à moi...

Le Maître rougit de me voir le dévisager ainsi :

– Enfin, voilà, c'est ce qui s'appelle un renvoi d'ascenseur...

– Mais, c'est formidable !

– N'est-ce pas...

Il termine, en bafouillant presque :

– Si cela se passe bien avec cet orchestre, je serai amené à jouer régulièrement en Suisse, ou ailleurs...

– Vous vous relancez, alors ?

– Je vais essayer, oui. Après vingt ans d'absence...

– Et vous ne me disiez rien !

– Chacun ses petites cachotteries, ma chère Caroline...

Devant moi, je n'ai plus l'impression d'avoir l'immense Edgar Chaland, le pianiste au talent écrasant... Pour la première fois, je vois dans son regard quelque chose qui ressemble clairement à de l'estime. Et même à de l'amitié. L'amitié entre deux artistes engagés sur le difficile chemin de la beauté.

– Allez, je ne te retiens pas. Je crois qu'on t'attend...

J'aperçois mon père qui sort du conservatoire. Je fais signe à maman que je vais les rejoindre... Puis je dévisage le Maître. Je n'avais encore jamais remarqué qu'il avait autant de cheveux gris ni autant de rides au coin des yeux. J'imagine sa mort, tout à coup. La vie sans lui. Sans ses conseils. Sans sa protection. Cette vie qui sera bientôt la mienne. Et j'ai peur. J'ai l'impression que je ne pourrai jamais me débrouiller seule.

Alors, comme s'il voyait ma détresse, le Maître fait ce geste que je n'attendais plus : il pose sa main sur mon épaule.

– Et encore bravo !

Je commence aussitôt à pleurer :

– Merci, monsieur...

Tout en cherchant frénétiquement dans mes poches un mouchoir qui n'existe pas, je lâche :

– Merci pour tout...

Et pour ne pas éclater en sanglots, je détale.

Lorsque je pousse la porte vitrée et que j'arrive sur le parvis, en plein soleil, ma mère serre la main de Jacqueline.

Mon père, lui, a déjà salué tout le monde. S'il avait le droit de conduire, avec ses médicaments, il serait peut-être déjà au volant de la voiture. Mais, les clés sont dans le sac de maman. Alors il patiente, en tapant du pied... S'il est tellement pressé de partir, c'est parce qu'il a envie de retrouver son petit-fils, mais aussi parce qu'il y a une autre très bonne nouvelle... En effet, par ses connaissances, Jacqueline lui a trouvé un travail, encore dans un domaine totalement neuf pour lui et il n'a pas donné de réponse définitive, mais je vois bien que, dans sa tête, il est déjà en activité... Sauf qu'il ne sait pas comment se comporter devant cette dame du grand monde. Il doit avoir l'impression qu'elle lui fait la charité, et se demander pourquoi Jacqueline, après avoir aidé la fille, cherche à aider le père. Il faudra que je lui dise ce qu'elle m'a raconté, certains soirs, à table, sur sa solitude, sur la mort de son mari...

En attendant, je me dépêche d'embrasser mes amis. Je commence par Maud. Nous nous serrons l'une contre l'autre. Sans rien nous dire d'autre que : « À demain », c'est-à-dire, à demain, huit heures pour nos dernières épreuves du bac, avant notre nouvelle vie.

Je pense faire seulement la bise à Jean-Charles. Mais lui aussi me prend dans ses bras ! Et j'avoue que ça ne me laisse pas indifférente. Je me rends compte que je n'ai pas senti les mains d'un garçon dans mon dos depuis bien longtemps. Cela me manque.

Quand il me relâche, Maud n'ose pas s'approcher de lui tout de suite. On dirait qu'elle a vu la mélancolie qui est passée dans mes yeux... Jean-Charles se rapproche d'elle et la prend par la taille. Alors, je les revois, il y a presque un an, sur ce même parvis, la nuit, après ce concert qui a décidé de tant de choses. Ils étaient déjà enlacés par la pensée. C'était tellement évident...

J'espère qu'un jour je connaîtrai moi aussi une rencontre aussi magique. J'espère que j'aurai de nouveau ma chance...

Un peu en retrait, Jacqueline m'attend. Je ne l'embrasse pas, puisque nous nous revoyons tout à l'heure

– j'habite toujours chez elle. Mais je n'ose pas lui dire « à ce soir ». J'ai peur de blesser maman. Je ne veux pas lui laisser croire que je me suis trouvé une autre mère, chez qui je suis impatiente de retourner.

J'ose encore moins remercier Jacqueline. Pourtant, ce serait gentil de lui glisser un petit mot, ici, devant la sortie du conservatoire... Je me sens mal à l'aise vis-à-vis de mes parents. Je ne voudrais pas qu'ils s'imaginent que j'ai oublié leurs sacrifices pour acheter mes partitions, payer mes stages ou faire accorder régulièrement mon piano. Ni qu'ils croient que j'ai oublié ce jour, où, malgré toutes leurs inquiétudes, ils ont dit « oui » pour les horaires aménagés.

Heureusement, mon embarras n'échappe pas à Jacqueline. Et, avec cette discrétion dont elle a le secret, elle me dit, comme si nous nous connaissions à peine, comme si cette journée n'avait absolument rien de spécial :

– À plus tard...

Pour mon père, c'est le signal définitif du départ. Il s'éloigne déjà. Je fais un dernier salut à Jacqueline, Maud et Jean-Charles, et, avec maman, nous le rejoignons.

Tandis que nous avançons ensemble vers la voiture, j'ai envie de les remercier... Mais, c'est étrange, l'idée me paraît saugrenue. J'ai l'impression que mes mots vont tomber à plat.

Alors, tout en marchant entre ma mère et mon père, je leur prends chacun un bras. Maman serre ma main sous le sien. Papa ne se dérobe pas. Et nous allons comme ça jusqu'à la voiture.

Puis, nous nous séparons. Maman déverrouille les portières. Elle se met au volant. Papa s'assoit à la place du passager. Je m'installe à l'arrière, seule.

Le moteur démarre. Nous nous engageons sur le boulevard.

Tandis que les façades des immeubles défilent de plus en plus rapidement, je baisse ma vitre et je laisse le vent caresser mon visage.

Dans la même collection

Gilly, grave amoureuse,
13 ans, presque 14...
de Claire Robertson

Les larmes de l'assassin
d'Anne-Laure Bondoux

Cherry, ses amis, ses amours, ses embrouilles
d'Echo Freer

Quand j'aurai 20 ans
de Jacques Delval

Ciel jaune
de Marie-Hélène Delval

Accroche-toi, Sam !
de Margaret Bechard

Mercredi mensonge
de Christian Grenier

Angel Mike
de Regine Beckmann

Planète Janet
de Dyan Sheldon

Fantômes d'Opéra
d'Alain Germain

Comment devenir maître
du monde en vingt-six leçons et demie
de Dan Gutman

Une princesse
peut en cacher une autre
de Kate Brian

Le rat
de Magali Herbert

Comme un coquelicot
de Marie-Florence Ehret

Les démons de Nègreval
de Pierre Davy

Betsy et l'Empereur
de Staton Rabin

Pépites
d'Anne-Laure Bondoux

Losers' Club
de John Lekich

Écoute mes lèvres
de Jana Novotny Hunter

Sous le vent de la liberté
1. Lumières d'Amérique
2. Chasseurs et proies
3. Les Temps cruels
de Christian Léourier

DJ Zoé
de Jonny Zucker

Hathaway Jones
de Katia Behrens

La marmite du Diable
d'Olivier Silloray

Le secret de Chanda
d'Allan Stratton

La traversée de l'espoir
de Waldtraut Lewin

Le voyage scolaire
de Moni Nilsson-Brännström

Plus un mot
de E. L. Konigsburg

Lune indienne
de Antje Babendererde

Un passé si présent
de Sally Warner

Texto à la mer
de Sue Mayfield

Derrière l'écran
de Pascal Garnier

Infaillible ?
de Christophe Lambert

Après le voyage scolaire
de Moni Nilsson-Brännström

Le seigneur aux mains rouges
de Claude Merle

Case départ
de Pascal Garnier

Envol pour le paradis
de Jean-Marie Defossez

Comment j'ai marié ma mère
de Coleen Murtagh Paratore

Le grand piano noir
d'Olivier Silloray

Cet ouvrage a été mis en pages
par DV Arts Graphiques à La Rochelle

Impression réalisée sur CAMERON par

CPI
Brodard & Taupin

La Flèche

en mars 2008

pour le compte des Éditions Bayard

Imprimé en France
N° d'impression : 46752